P

Te

Li

A

B

혜성

소우주

무이

셋의 여행을 기억하며,

차례

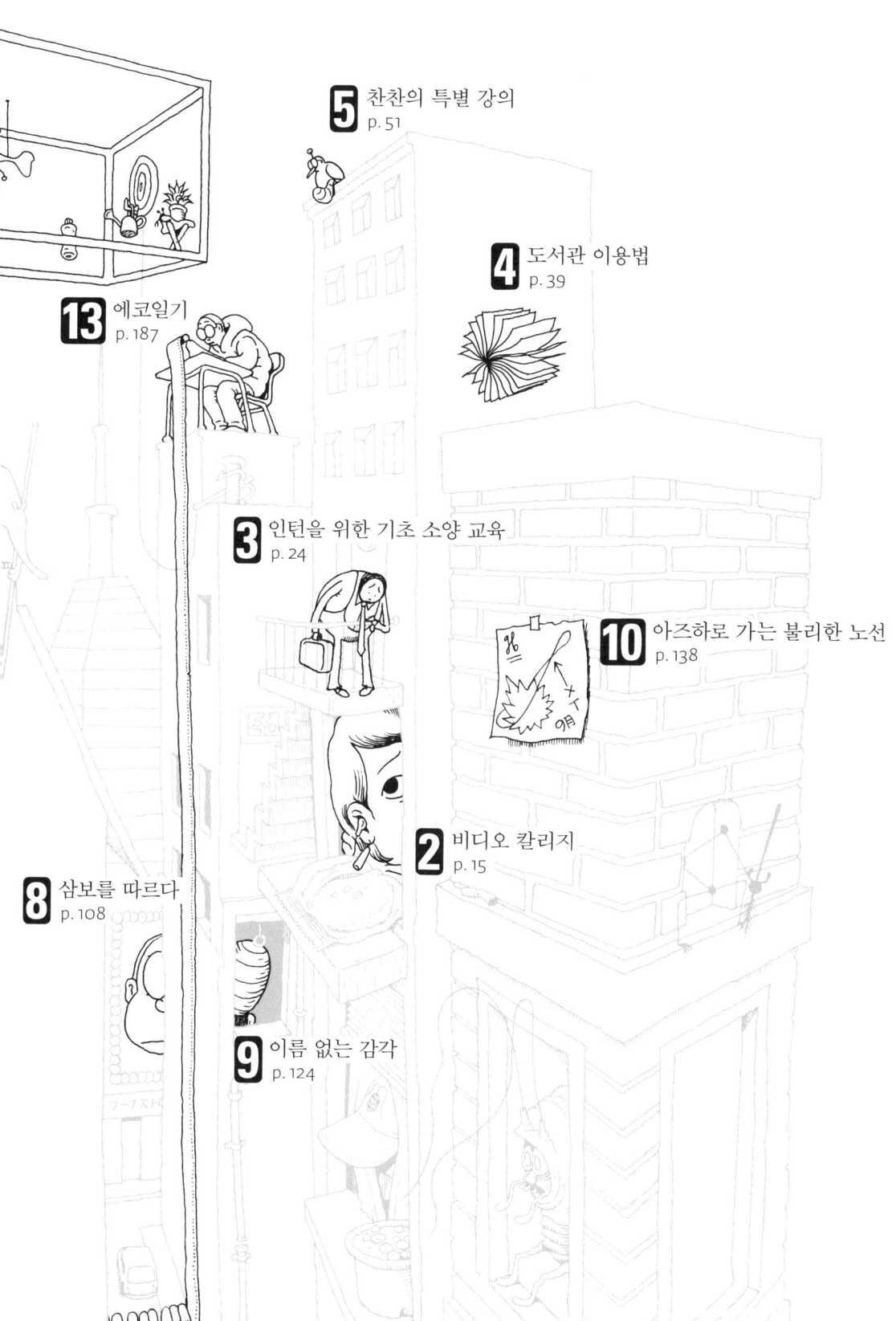

제1장

면접장

쓸 게 없군, 쓸 게 없어.
면접이 코앞인데,
아직도 빈칸투성이라니.

직장 경력 없음. 입상 경력 없음. 자격증?
운전면허만 쓰기도 민망하잖아. 나, 참!
너 그동안 대체 뭘 하고 산 거니?
서른둘이나 먹어가지고.
한심하다, 한심해.

근데 잠깐…. 여기가 어디야?
내가 지금 여기서 뭘 하는 거지?

그래, 이거야말로 사람들이 말하는 그 상태가 틀림없어.
꿈속에서 꿈인 걸 자각하는 루시드 꿈.
그러고 보면 사람은 참 희한하기도 하지.
꿈속에서까지 어지간히 이성적이려고 하잖아?

그런데
지금 꾸는 이 꿈도 결국…
아침이 되면 까맣게 잊어버리겠지?
어쩐지 아쉬워, 붙잡고 싶어.
만약에 내가 혼자 속삭이는 이 말들을
녹음해주는 기계 같은 게 있다면 어떨까.
깨어나서 다시 들어볼 수 있을 텐데….
하지만 누가 엿듣는 건 싫어!
설마 소리 내서 잠꼬대를 하고 있는 건 아니겠지?

하긴 아무려면 어때.
지금은 내 멋대로 하자고.
어차피 여긴 꿈속이잖아.

그동안 스트레스를 받긴 받았나 봐.
왜긴 왜야, 일 때문이지 뭐.
날 봐, 지금 뭘 하고 있나….
이력서 들고 있는 꼴 보여?
믿을 수 있니?
꿈속에서까지 취직 걱정을 하다니.

윽, 이건 악몽이야!

그리고 여기가 어딘지를 봐.
공항이잖아.
가련한 것 같으니라고….
얼마나 날아가 버리고 싶었으면!

9

에이, 관두자.
지금 이력서 한 줄 고친다고
뭐가 달라지겠어?

그런데 난 왜 너무 당연하게
이 상황을 받아들이고 있지?
공항에서 면접이라니!

면접자
대기번호 2번

Ms. Nuna K

대기 번호 2번이라….
그럼 저 남자가 1번?
쟤가 내 경쟁자?

그래, 할 일도 없는데 우리 인터뷰 연습이나 할까?
마침 잘됐어. 인상도 싸늘한 게 딱 면접관 분위기네.
이 누님을 면접할 기회를 주지, 영광인 줄 알아라.
그럼 시작해볼까? 에헴. 에헴.
…근데 인사를… 뭘로 한다? 첨부터 딱 막히네.
"안녕하십니까?"는 너무 딱딱하고….
여자들은 이게 안 좋아.
하도 아양 떠는 애들이 많으니까,
나같은 앤 상대적으로….

네에, 그럼요. (아냐, 좀 더 상냥하고 자신 있고 똑 부러지게.)
네!

목소리가 참 좋으시군요.
자, 첫 번째 질문…을 하려고 보니까,
웬 이력서에 빈칸들이 이렇게 많죠?

쓸 게 없었거든요.
꼭 꽉꽉 채워야 되나요?

아니 꼭 그런 건 아니지만 그래도….

솔직하고 싶었어요. 그리고 이건 꿈인데
꿈에서만큼은 원하는 대로 할 수 있다고 생각해요.

그래도 이건 좀 너무하지 않나요?
경력, 자격증은 그렇다 쳐요.
입사 동기나 포부 정도는 쓸 수 있잖아요.

사실 그게 젤 싫은 항목이에요.

허 참, 솔직하신 거 하난 인정해야겠군요.
좋아요, 그건 그렇고…
외국어를 잘 하신다고요?

유일한 취미예요. 언어 배우는 걸 좋아하죠.
언어 감각은 누구한테 특별히 뒤진다는 생각 안 해봤어요.
40대가 되기 전에 5개 국어를 할 계획이랍니다.
아직은 2개 국어지만요.

그렇군요. 앞으로 기회가 된다면
어떤 언어를 배우고 싶으세요?

음…, 글쎄요. 프랑스어?
프랑스 영화를 좋아하거든요.

이력서 보니까 스페인어를 하신다고 되어 있는데,
스페인어에는 존재 동사가 두 개라는 것 아시죠?

아, be동사요? 물론이죠.
이를테면, '변하는 기분이나 상태를 표현하는 나'와
'변하지 않는 속성이나 성격을 표현하는 나'가 다르죠.

잘 알고 있군요. 그렇게
'나'를 둘로 나눈 이유가 뭐라고 생각하세요?

그, 글쎄요….
솔직히 그렇게 깊이까지는 생각해본 적이….

시간을 드리죠.
한번 생각해봐요.

음…, 글쎄요…. 가만?!
내가 왜 나한테 불리한 질문에 답하고 있지?

하하하,
얘기하기 싫으시면 안 해도 돼요.

으잉? 뭐야, 나 설마…
저 남자랑 진짜로 얘기하는…!

안내 말씀 드리겠습니다. 탑승을 개시하오니,
탑승자 여러분은 승무원의 안내를 받아
차례대로 탑승을 해주시기 바랍니다.

이거,
떨어뜨리셨네요.

내 티켓!
어디 갔지?

아, 내 정신 좀 봐….

고, 고마워요….

Bon voyage!
여행 잘 다녀와요!

BOARDING PASS

Passenger	Class
Nuna K/Ms	First Class

Flight	Date	Gate	Seat
DSW 1090	SEP 22 2008	39	1F

Departure Time	From	Destination
03:35	OL	Az

면접자
대기 번호 2번

Ms. Nuna K

안내 말씀 드리겠습니다. 탑승을 개시하오니,
탑승자 여러분은 승무원의 안내를 받아
차례대로 탑승을 해주시기 바랍니다.

다시 한 번 안내 말씀 드리겠습니다. 탑승을 개시하오니,
탑승자 여러분은 승무원의 안내를 받아
차례대로 탑승을 해주시기 바랍니다.

저 남자, 비행기도 안 타고 가버리네.
진짜로… 내 마음속으로 들어와서 애기하는 기분이었어!
왠지 섬뜩한데?

제2장

비디오 칼리지

여객기 탑승 버스 안에는
나와 저 꼬마 여자애뿐.
사람이 없으니 조용하고 좋긴 한데
…그 남자도 그렇고
어째 좀 꺼림칙하단 말야.

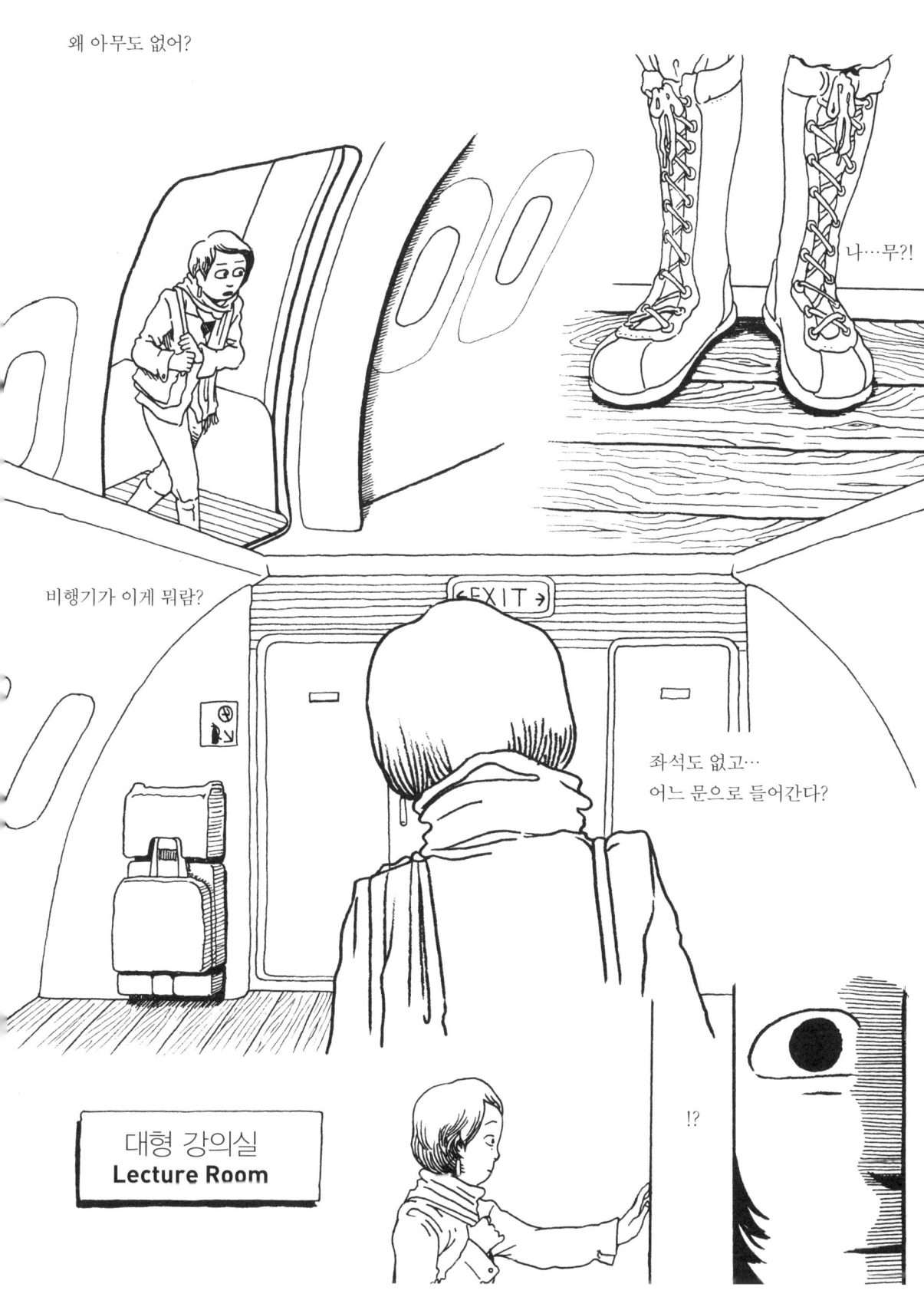

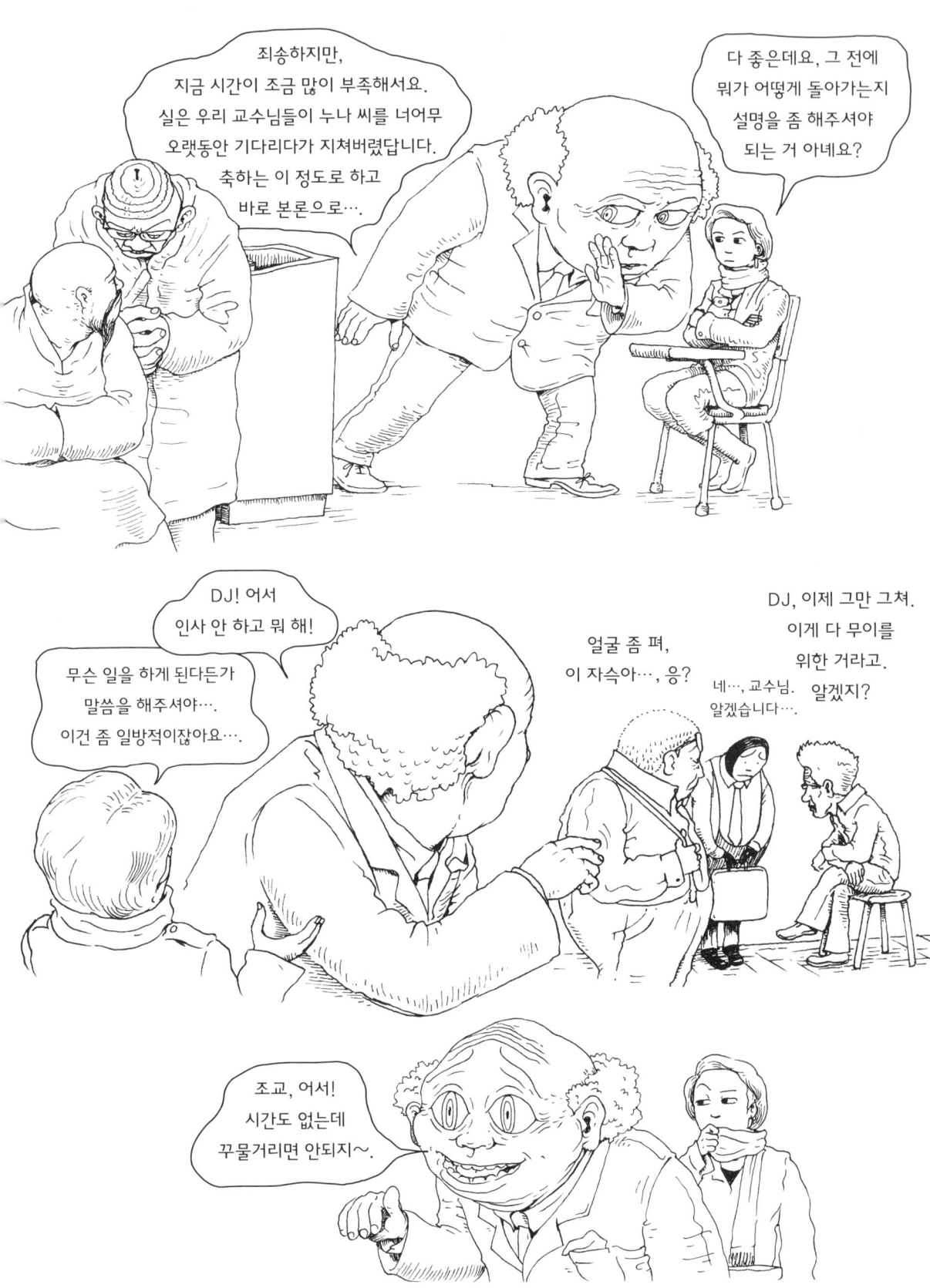

교수들 사이로 눈에 띄게
뚱뚱하고 우울해 보이는 애가
주춤주춤 걸어온다.
쟤가 내 사수란 말야?

아, 안녕하세요,
누나?

어…, 안녕?

얜 또 뭐야?
잔뜩 우거지상을 해가지고는.

일은 간단합니다.
조교에게 언어 교육을 받고
현장 녹음을 하는 겁니다.

언어만 빨리 익히시면,
녹음은 어렵지 않습니다.
정직원 되는 건 시간 문제죠.

암, 암.
듣기만 하면
되는데….

잠깐! 잠깐만요!
지금 대체 뭐가 어떻게
돌아가는 거죠?
전 아직 수락한 적이
없다고요!

아무것도 모른다 생각하고
차근차근 처음부터,
가르쳐드려, 알았지?

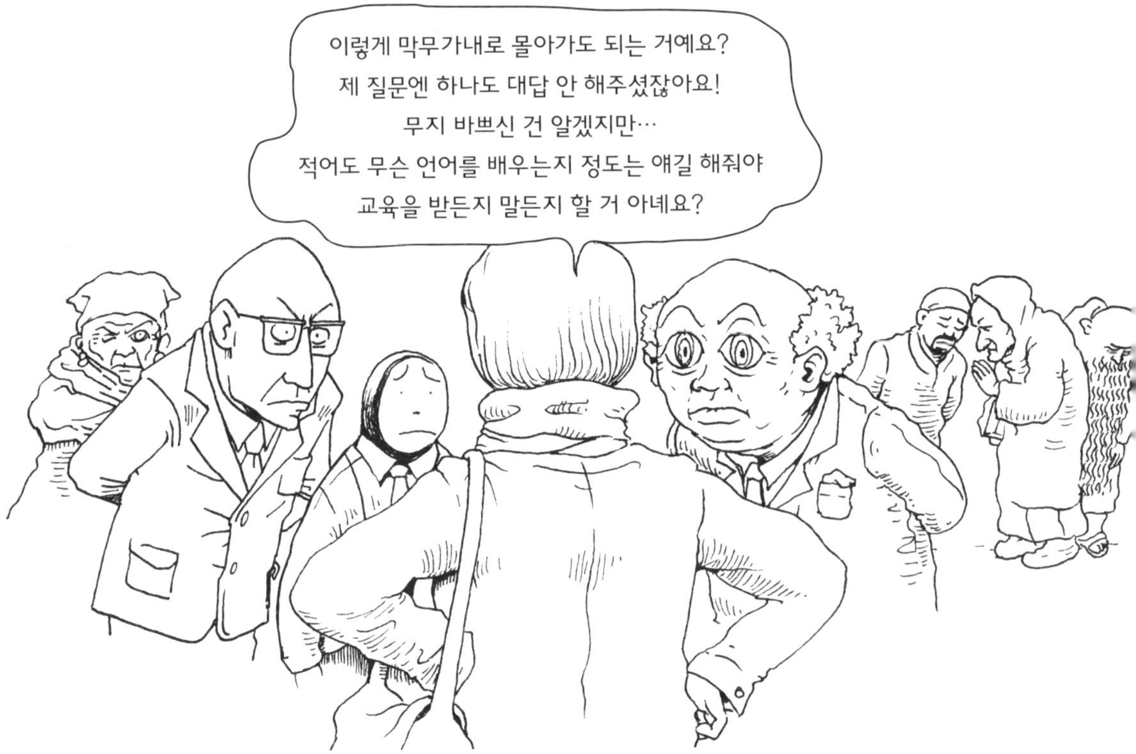

이렇게 막무가내로 몰아가도 되는 거예요?
제 질문엔 하나도 대답 안 해주셨잖아요!
무지 바쁘신 건 알겠지만…
적어도 무슨 언어를 배우는지 정도는 얘길 해줘야
교육을 받든지 말든지 할 거 아녜요?

그리고 솔직히 계약도 안 하고 일 시작하는 법이 어딨어?
요즘 같은 시대에 불안하게 말야.

음…, 언어의 이름을 알고 싶다….
…그래…, 알고는 싶겠지….

그 언어로 말할라치면…

첨엔 쉬워 보이지만 쓰면 쓸수록 만만찮은 언어조.

?

가장 깊고도 내밀한,

가장 적나라한!

보통 사람이 들으면 10분도 참기 힘든

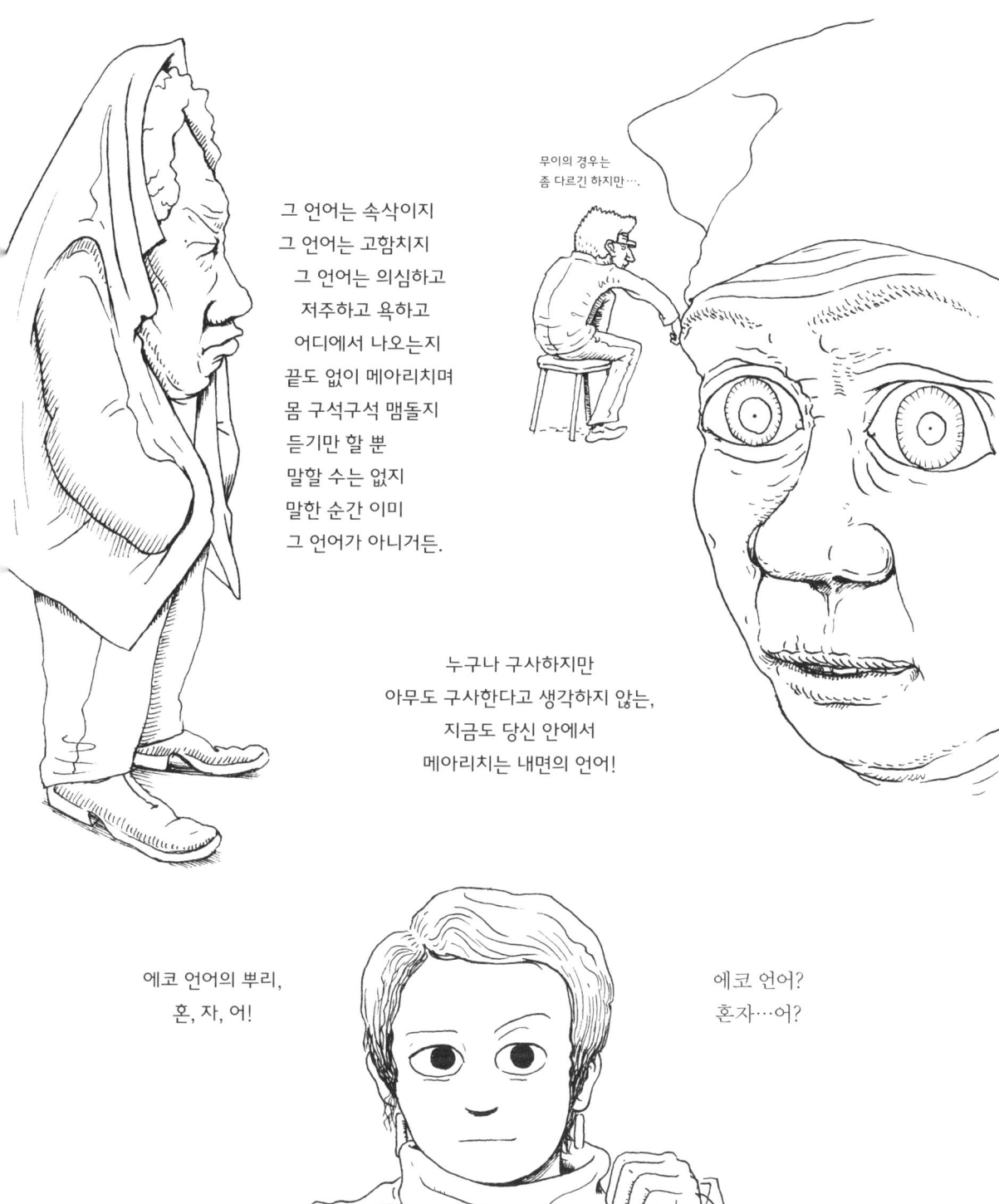

무이의 경우는
좀 다르긴 하지만….

그 언어는 속삭이지
그 언어는 고함치지
그 언어는 의심하고
저주하고 욕하고
어디에서 나오는지
끝도 없이 메아리치며
몸 구석구석 맴돌지
듣기만 할 뿐
말할 수는 없지
말한 순간 이미
그 언어가 아니거든.

누구나 구사하지만
아무도 구사한다고 생각하지 않는,
지금도 당신 안에서
메아리치는 내면의 언어!

에코 언어의 뿌리,
혼, 자, 어!

에코 언어?
혼자…어?

제3장
인턴을 위한 기초 소양 교육

혼자어? 혼잣말하는 게 무슨 언어야?

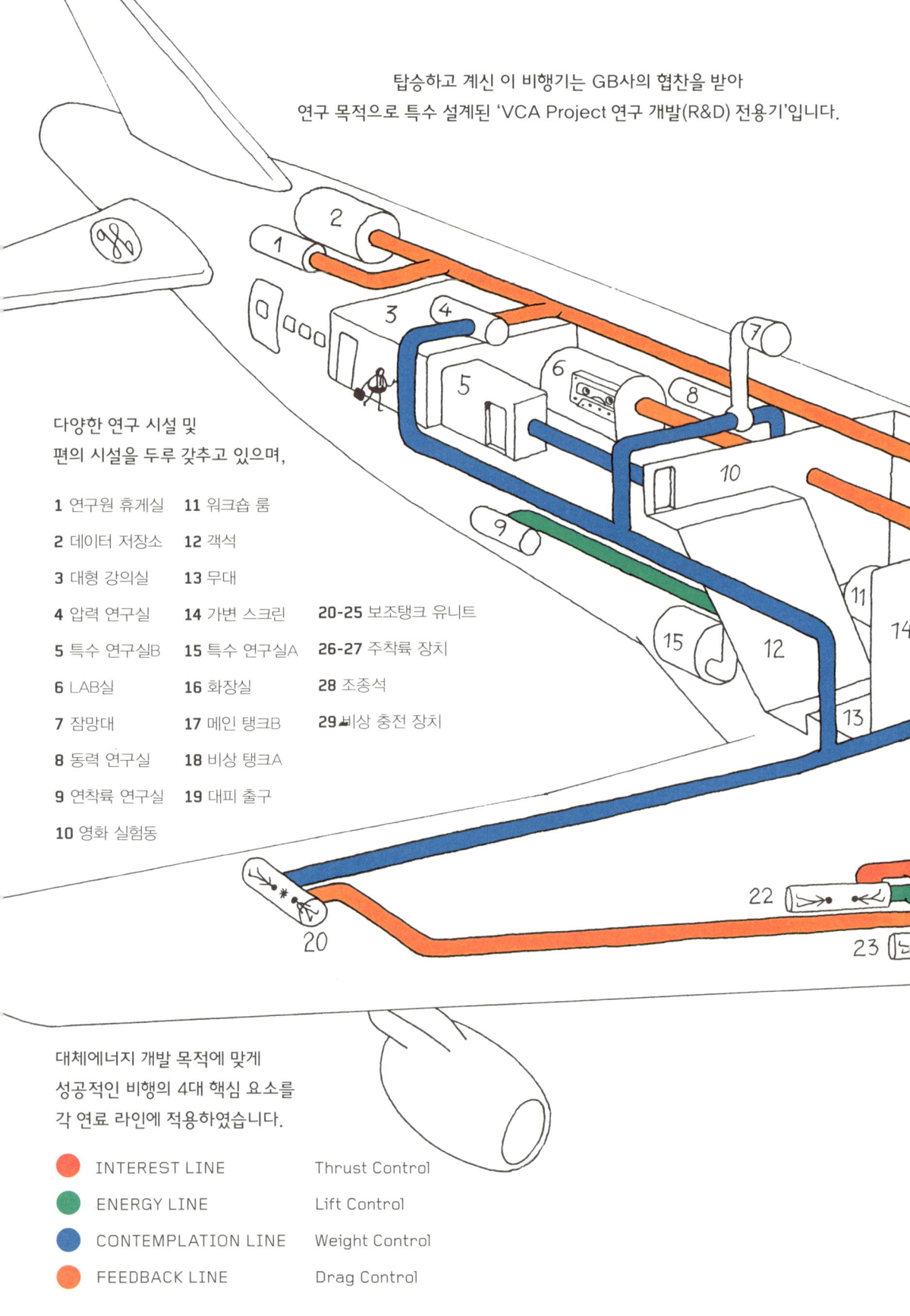

탑승하고 계신 이 비행기는 GB사의 협찬을 받아
연구 목적으로 특수 설계된 'VCA Project 연구 개발(R&D) 전용기'입니다.

다양한 연구 시설 및
편의 시설을 두루 갖추고 있으며,

1 연구원 휴게실   11 워크숍 룸
2 데이터 저장소   12 객석
3 대형 강의실   13 무대
4 압력 연구실   14 가변 스크린   20-25 보조탱크 유니트
5 특수 연구실B   15 특수 연구실A   26-27 주착륙 장치
6 LAB실   16 화장실   28 조종석
7 잠망대   17 메인 탱크B   29 비상 충전 장치
8 동력 연구실   18 비상 탱크A
9 연착륙 연구실   19 대피 출구
10 영화 실험동

대체에너지 개발 목적에 맞게
성공적인 비행의 4대 핵심 요소를
각 연료 라인에 적용하였습니다.

INTEREST LINE   Thrust Control
ENERGY LINE   Lift Control
CONTEMPLATION LINE   Weight Control
FEEDBACK LINE   Drag Control

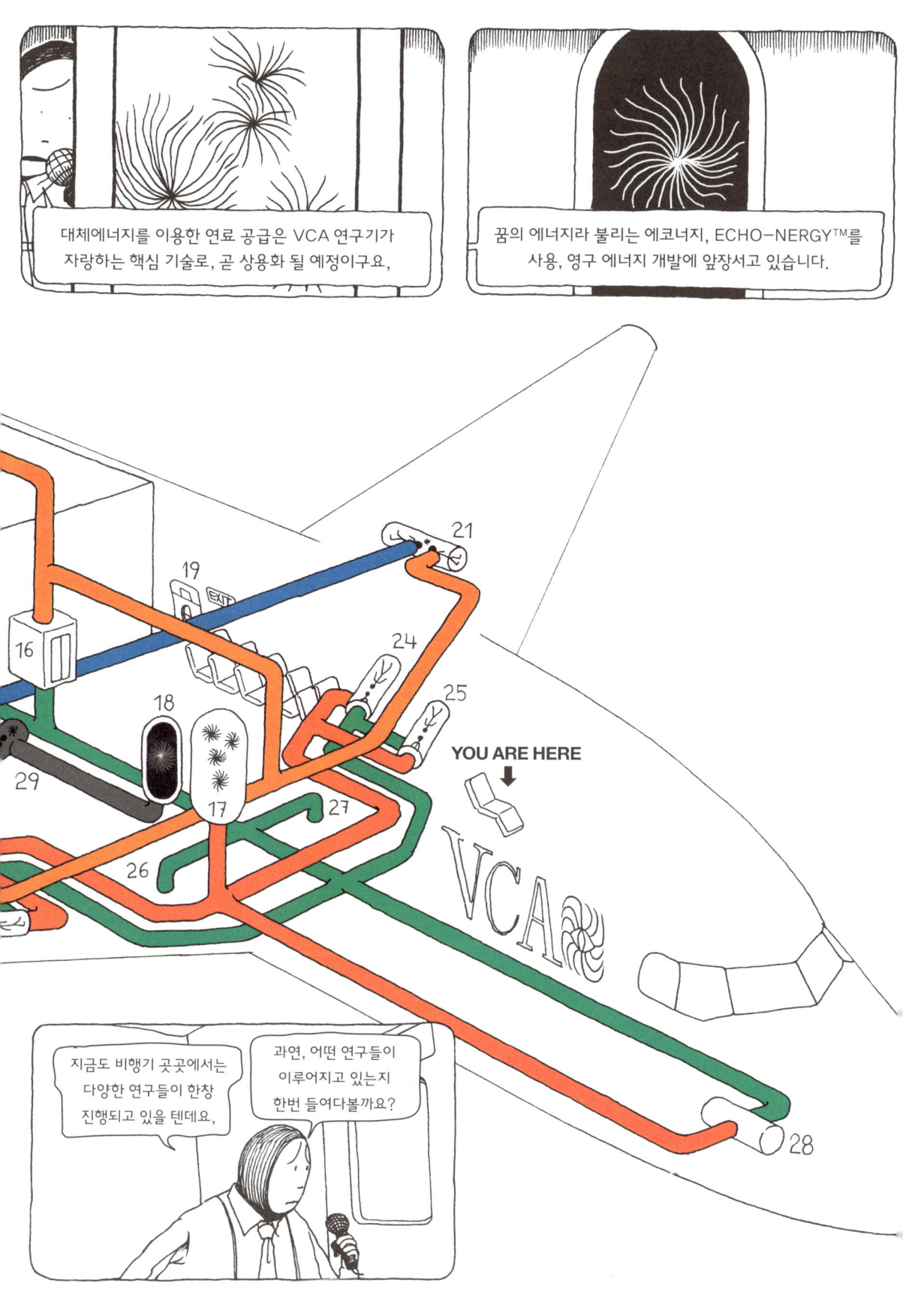

대체에너지를 이용한 연료 공급은 VCA 연구기가
자랑하는 핵심 기술로, 곧 상용화 될 예정이구요,

꿈의 에너지라 불리는 에코너지, ECHO−NERGY™를
사용, 영구 에너지 개발에 앞장서고 있습니다.

지금도 비행기 곳곳에서는
다양한 연구들이 한창
진행되고 있을 텐데요,

과연, 어떤 연구들이
이루어지고 있는지
한번 들여다볼까요?

YOU ARE HERE

'특수동물생산 연구실'입니다. 기억 저장에 관련된 동물들을 연구하는 곳이라고 하네요.

아시다시피 혼잣말은 그림자가 녹음하죠.

그림자가 일을 중단하면 대체 인력이 필요합니다.

그 대체에너지를 연구하는 거죠.

갑자기 나타나서 연구 성과를 보이라고?

간단히만 좀…

성과는 무슨! 당최 연구 같은 연구를 해야 말이지!

지금 주요 프로젝트는 이 베타 모기 개발을 완성하는 거지. 보여? 보통 모기보다 훨씬 작지.

이 모기가 혼잣말을 녹음하는 건가요?

×100

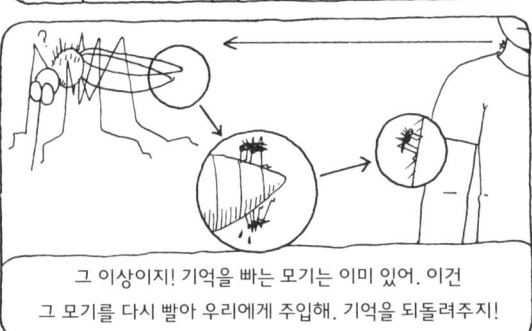

그 이상이지! 기억을 빠는 모기는 이미 있어. 이건 그 모기를 다시 빨아 우리에게 주입해. 기억을 되돌려주지!

바로 이놈이야. 다른 이의 기억을 흡입한 후 나에게 주입해주는 중이라네!

흥, 웃기고 계시네. 그건 그냥 당신 피라고, 이 싸이코야!

내 필생의 발명품을 너 따위가 무시하는 거냐?

잘 보셨나요? 저는 잘 이해가 안 가네요.

한번 해보자 이거지!

미치광이!

저…, 다 보셨으면

이제 시작할까요?

으…응, 그래.

봉지에서
구름 교재를
꺼내시구요.

이거
말이지?

그걸 베고 있으면
제 목소리가
들릴 거예요.

정말?

제가
읽어볼 테니까
한번 들어보세요.

응….

들려요?

뭐가?

집중해보세요.
제가 읽는 혼잣말이
들릴 거예요.
자, 다시….

혼잣말을
어떻게 듣니?
소릴 내야 듣지….

어때요?

우와!
"옛날에 한 소년이
살았습니다?"

잘 하셨어요.
그렇게 들으시면 돼요.
눈을 감으면
영상도 보여요.

호오…
신기한데?

이제 시작할게요.

옛날에
한 소년이 살았습니다.

지금도 살고 있는데…

그 소년에 대해 알려면
가족 애기부터 해야겠죠?

엄마부터 시작하기로 하죠.

소년의 엄마는
유명한 칼럼니스트였어요.

신문에 고정 상담 칼럼이 있었죠.

상담 칼럼이 뭐냐구요?
신문을 통해
고민을 상담하는 거죠.

사람들은 자기의 사연을
엄마의 코너에 보내죠.

결혼, 직장 문제, 인간관계…

누구나 엄마를 좋아했죠.

어딜 가나 환영 받고
사람들이 알아봤어요.

많은 사람들이 고민이 생기면
그녀를 한번쯤 떠올릴 정도였죠.

왜, 다들 한번쯤
생각해보잖아요.

"이럴 때, 오 아줌마라면
어떻게 했을까?"

소년의 아버지는…

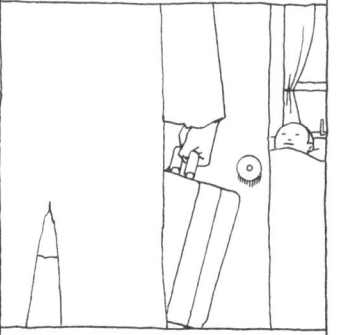

유명하지는 않았고,
그 대신 아주 바쁜 분이었죠.
정신과 의사였어요.

아버지가 병원의 원장을 맡게
되면서 가족들은 이사를 왔어요.

병원에 붙어 있는 사택으로요.

유명한 어머니와
바쁜 아버지의 그늘에서

소년은 자랐습니다.

자폐 증세가 보였지만,
병원에 갈 정도는 아니었나 봐요.

그러게…. 애 아빠가 정신과 의산데
이럴 수가 있니…. 나 참 창피해서….

엄마가 몇 군데
데리고 가봤지만.

장애
아동
언어
교정

크게 나아질 것도
나빠질 것도 없었죠.

그렇게 해서 소년은
언제나 혼자 놀게 됐습니다.

만날 혼자서 저러고 놀까….

놔둬. 흙장난이 자폐아에게
좋다는 연구도 나와 있다고.

그 연구가 사실인지, 소년이 정말 자폐아인지 우린 모른답니다.
우리가 아는 건 이 소년이 늘 뒷마당에서 혼자였다는 것이죠.

그날도 소년은 뒷마당에
있었어요. 파리를
설득하는 중이었죠.

파리야 미안해….
개구리를 위해서 한 번만….

툭!

어디서 떨어졌지?

빵이었어요!
봉지가 찢어진 채로
떨어져 있었어요!

부탁입니다.
이 편지를 받은 사람은
제발 날 여기서 꺼내줘요.
난 미친 사람이 아니에요.
주소와 연락처는 아래에
02-588

그리고 그 안에
편지가 들어 있었어요!

어디서 떨어진 걸까요?

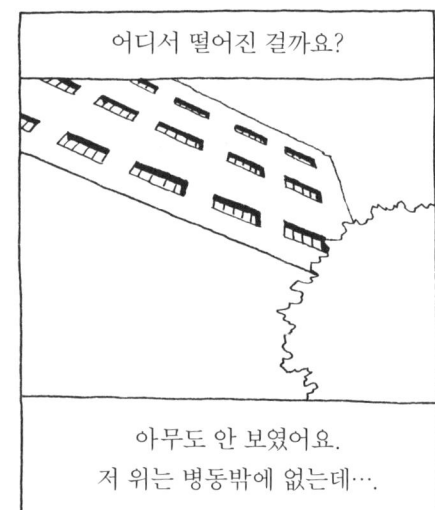

아무도 안 보였어요.
저 위는 병동밖에 없는데…

소년은 가슴이
콩당콩당 뛰었지만
침착하게 전화를 했어요.

미친 사람이 아니에요
미친 사람이 아니에요

…고객의 사정으로

없는 번호였어요.

밤이 되자,

미친 사람이 아니에요
미친 사람이 아니에요

마음이 더
오그라들었어요.
아직 책임감이라는
단어는 몰랐지만

소년은 뭔가
해야 한다는 걸
느꼈고, 알았고,

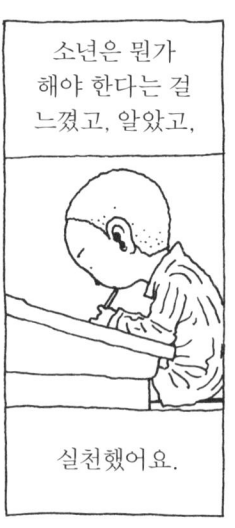

실천했어요.

미친 사람이 아니에요
미친 사람이 아니에요

난생 처음 편지란 걸 쓰고
또 난생 처음으로 부쳐봤죠.

그리고 며칠이 지나…

툭!

나는 아직도 갇힌 신세지만
당신이 편지를 썼더군요.
가족들에게 당신이 내
어린 친구라고 말했죠.
가족들은 나를 믿지 않지만
계속 편지라도 써준다면
이 지옥같은 곳에서
    ...

그때부터 소년의 편지 쓰기는
시작되었어요.

소년은 쓰고 또 썼어요.
잘 쓰고 싶어서 읽었고
잘 읽고 싶어서 더 많이 읽었죠.
비밀 편지를 위해서요.

어느새 편지 쓰기는
소년의 습관이 되었어요.
하지만 엄마에게
들키고 싶지 않아서…

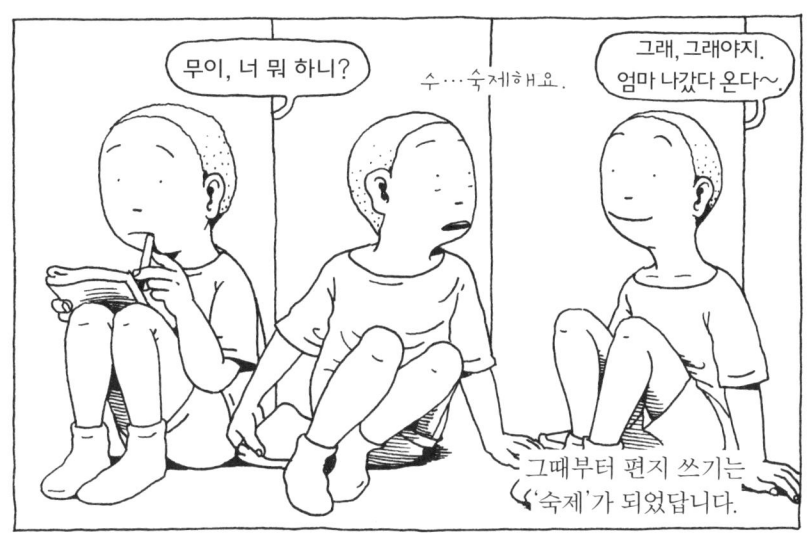

무이, 너 뭐 하니?

수…숙제해요.

그래, 그래야지.
엄마 나갔다 온다~

그때부터 편지 쓰기는
'숙제'가 되었답니다.

시간이 흘렀고,
소년의 가족은 이사를 갔어요.
소년도 어느덧 나이가
들어갔습니다.

그 사이에 어머니는
더욱 유명해졌어요.
이제는 신문이 아니라
온라인으로 상담을 받았죠.

그 사이, 시대가 변했거든요.

어머니는 직접 상담을 해줄
시간이 없었기 때문에
사연이 도착하면,
주제별로 자동 분류가 되어서

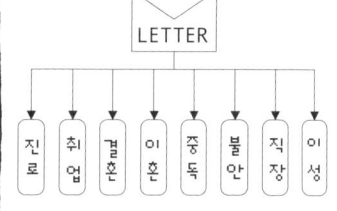

LETTER

진로 취업 결혼 이혼 중독 불안 직장 이성

전문가들이 상담을 해주는
시스템이 구축되었어요.

그럼 어머니는 뭘 했냐구요?
사업이죠. 비즈니스!

어머니는 이제
하나의 브랜드였거든요.

그런데 한 가지,
작지만 은근히 신경 쓰이는
골칫거리가 있었어요.

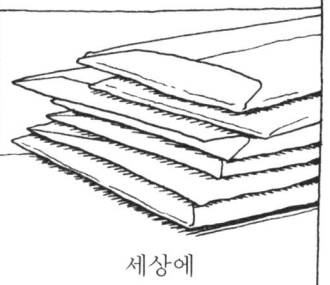

세상에
아식까지도 손편지를 쓰는
사람들이 있었던 거예요.

시스템이 못 읽어서
일일이 직접 읽어야
된다니까요!

그냥 무시해버려.
별걸 다 신경 써,
바쁜 사람이…

그런 편지들이 많은 것은 아니었지만,
완벽주의자인 어머니는 늘 찜찜했죠.

33

그런데 사실
이 손편지들에 몰래
손을 대는 사람이 있었어요.

사연을 읽고 답장을 쓰고,
보내는 것만 빼고
다 하고 있던 사람이.

얘가 또 불 켜놓고…

?

어머니는 소년이
글을 쓴다는 걸
그때 처음 알았어요.

그리고 그 글이
예사롭지 않다는 것도요.

시도 있고
제법이야….

무이야,
이 글
네가 쓴 거 맞니?

다음 날 아침부터 소년의 생활에
변화가 생겼어요.

지금 할 일 없지?
이리 와서
엄마 도와라.

모르는 사람에게 편지 쓰는 게 익숙했던
소년에겐
엄마의 심부름도 크게 다를 게 없었죠.

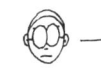 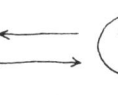

그렇게 해서 소년은
엄마와 '함께' 일하게 되었고,
숙제는 계속되었어요.

또 시간이 흘렀고,
어머니에게 새로운 아이디어가 생겼어요.

틱,틱…틱틱,틱,틱.

이제 독립시킬
나이도 지났죠,
벌써 스물셋인데.
안 그래요, 여보?

당신이
알아서 하구려.

어느 일요일 아침,
엄마가 갑자기 소년을 불렀어요.

얼른 옷 입고 나와.
잠깐 갈 데가 있어.

너무나
오랜만의 외출이었죠.

참 나, 전화를
안 받아….

실례합니다,
두꺼비 빌딩이
이 건물 맞나요?

저기, 혹시…
신문에….

네, 맞아요.

간판이 없어서요.

맞구나~!
오 아주머니
맞으시죠?

아, 네….

소년은 다른 데에
신경이 팔려 있었어요.

5층 눌러봐.

얼굴이 팔려서 불편해.
선글라스를 썼는데도….

5층?

소년과 어머니는 빌딩의 어느 빈 방 문을 열었어요.

이 정도면, 혼자 지내기엔 딱 좋네.

이제 너도 혼자 살 나이도 됐지?

네가 용돈 버니까… 월세는 그걸로 내고

생활비는 아르바이트 해서 벌고, 보증금은 우선 엄마가 빌려줄게. 어때, 독립하니까 좋지?

독립?
그게 좋은 건지 뭔지 소년은 몰랐어요.
다만, 1층에서 봐뒀던 그 자그마한
책찻집이 마음에 들었던 거죠.
그날은 소년의 기념일이 되었어요.

독립 만세

짐이 그게 다니?

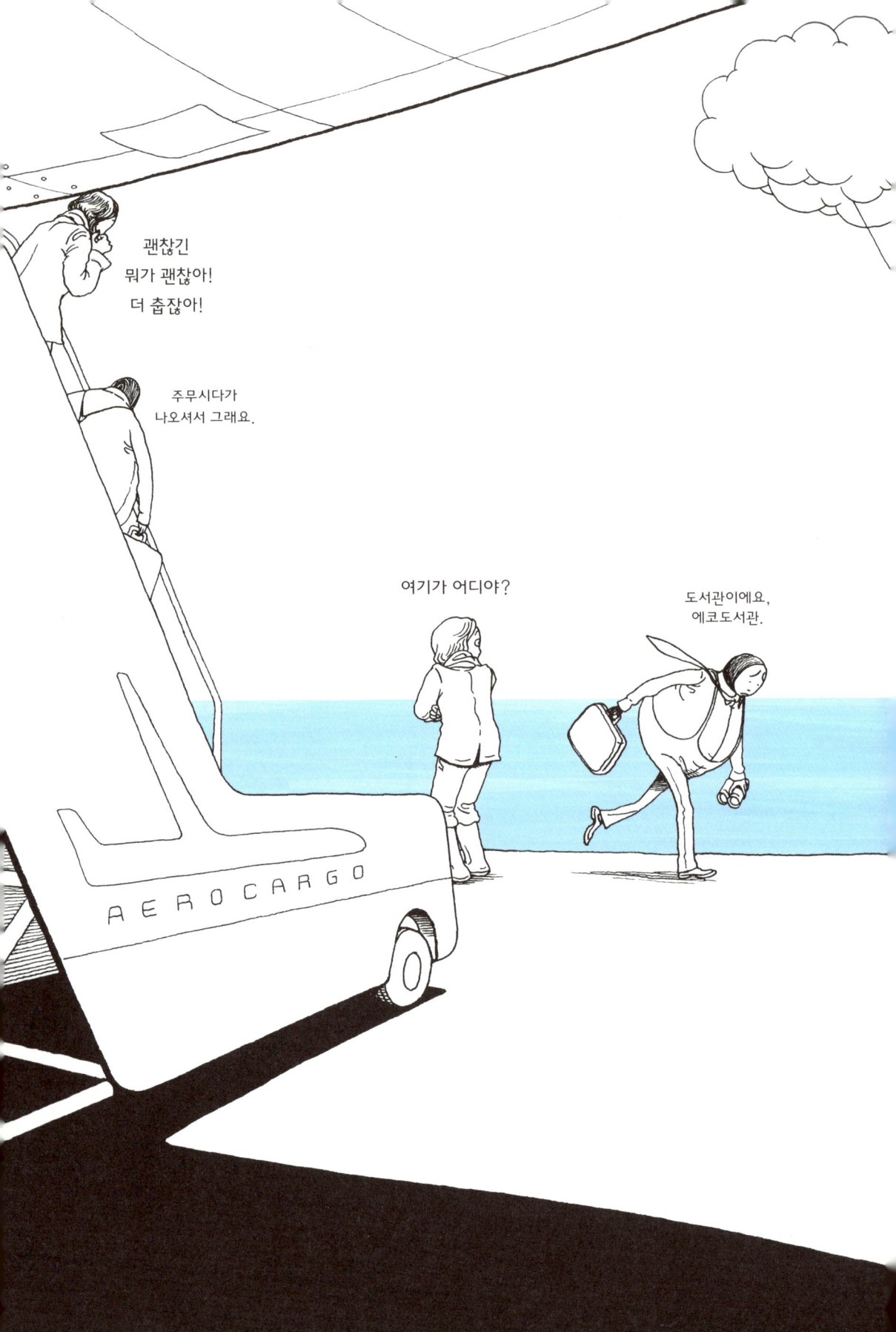

제4장
도서관 이용법

구름 속에 혜성이 주차된 걸 보니,
무이가 벌써 도착했나 봐요.
서둘러야겠어요.

혜성?

아, 무이가 타고 다니는
방 말예요.

왜 혜성이야?

그렇게 불러요.
여기 앉으세요.

보이세요?　　　　　　뭐? 저기 저 경비실?

경비실이 아니라　　　저기서 책을 빌린다고?　　　　　　　　　　　네.　　　　에코북?
열람 데스크예요.　　　　　　　　　　　　　　　　　　　　　에코북을 빌릴 수　그게 뭐야?
자, 이어폰 끼시구요,　　　　　　　　　　　　　　　　　　있어요.

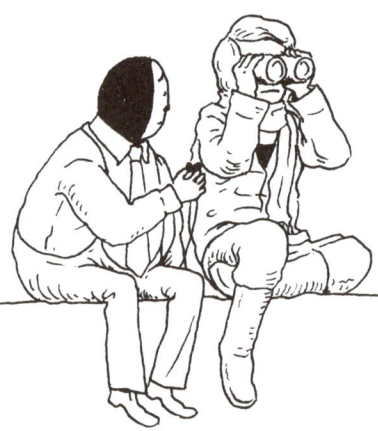　　　　　　　　　　　　　　　

혼잣말이 녹음된 책이죠.
이곳에서는 모든 사람이 한 권의 책이에요.
여느 도서관처럼 종류별로 분류가 되어 있죠.　　　　　정말?
그렇다고 시인이 꼭 시집 쪽에 있거나,　　　　　　그럼 나도 있겠네….
소설가가 꼭 소설 쪽에서 발견되는 건 아니지만요.　　난 어떤 책일까?

그야 검색해봐야 알겠지만,
아마 잡지 쪽에 계시지 않을까요?

인간의 반은 잡지 서가에 있대요.
잡지 서가 쪽이 너무 늘어나서
사서들이 애먹는다고 들었어요.

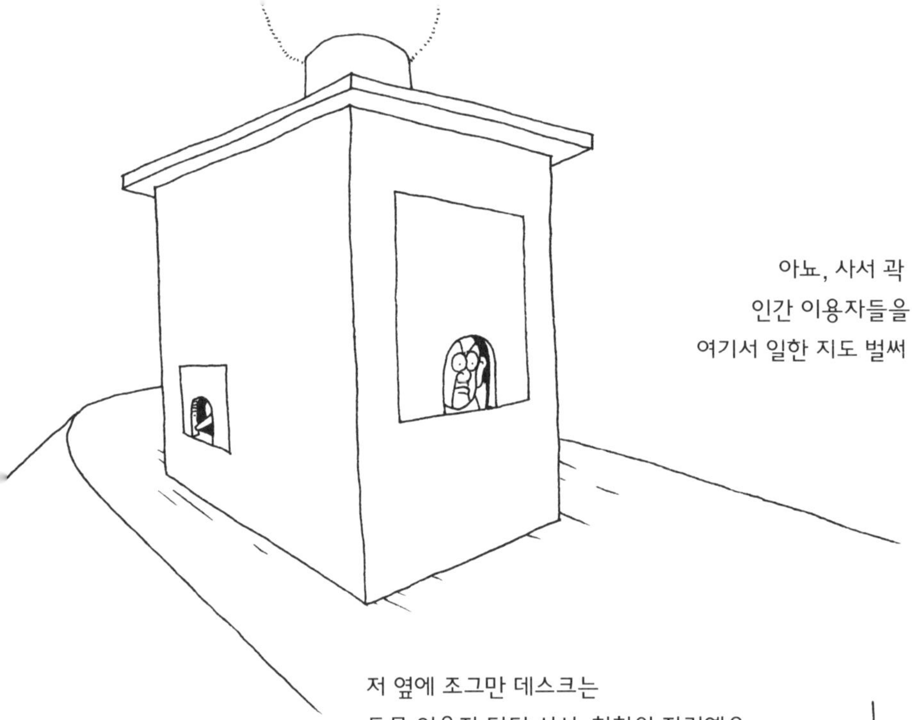

아뇨, 사서 곽 씨예요.
인간 이용자들을 담당하죠.
여기서 일한 지도 벌써 50년이 넘어요.

저 옆에 조그만 데스크는
동물 이용자 담당 사서, 찬찬의 자리예요.
굴잡이 바닷새 출신으로 19년 반 전에
공개 채용되었죠.
요즘 이용자가 뚝 끊겨서
곽 씨도 한가한 건 마찬가지지만
동물 이용자는 거의 없다시피 해서 찬찬은
매일 저렇게 책 보는 게 일이에요.
저에 비하면 편한 직장이죠.

왜? 네 직장은 뭔데?

저야 보시다시피 그림자죠. 혼잣말 녹음하는.
비디오 칼리지 조교는 임시직이에요.

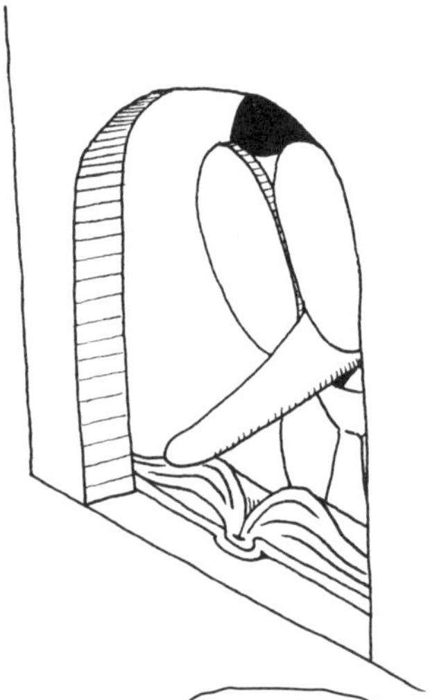

입사 당시 모습

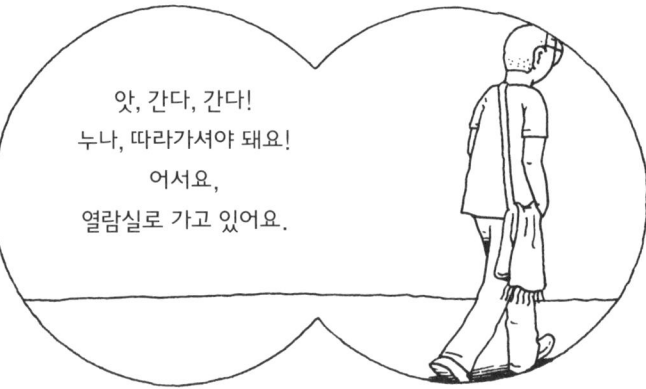

앗, 간다, 간다!
누나, 따라가셔야 돼요!
어서요,
열람실로 가고 있어요.

여기부터는
혼자 하셔야 되는데
괜찮으시겠죠?
그림자들은 열람실
출입 금지거든요.

사람이 없긴 없네.

이 귀뚜라미 소린 어디서 나는 거지?

그런데
발자국 소리는 아예 나지도 않아.
소리들이 어디론가 빨려 들어가나?
잘됐군. 살금살금 눈치 볼 필요도 없겠어.
어차피 뒤도 안 돌아보고 가는걸.

아, 숨차. 언덕까지 올라왔네.
여기가 열람실인가 봐.
이제 책을 보려나?

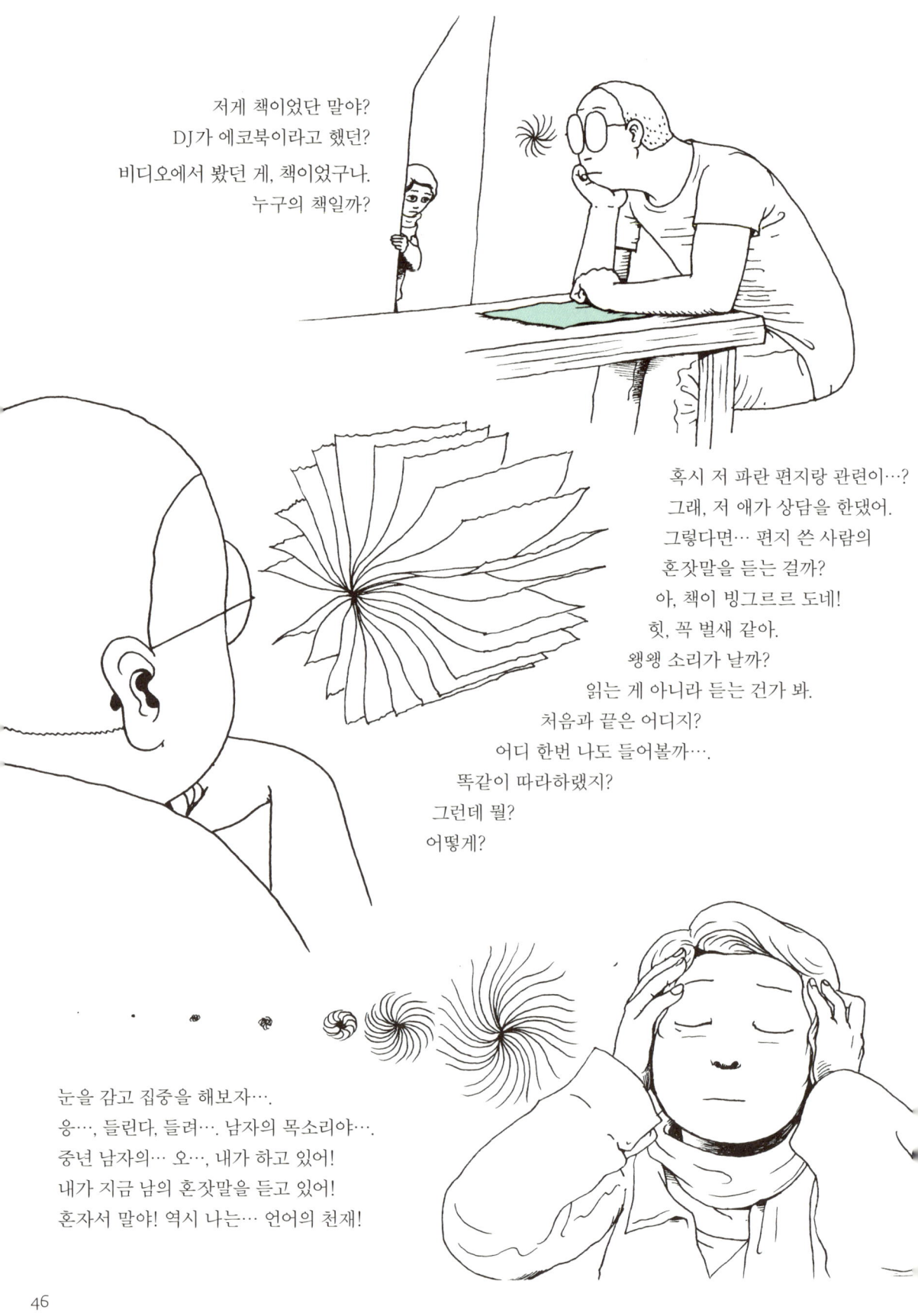

저게 책이었단 말야?
DJ가 에코북이라고 했던?
비디오에서 봤던 게, 책이었구나.
누구의 책일까?

혹시 저 파란 편지랑 관련이…?
그래, 저 애가 상담을 한댔어.
그렇다면… 편지 쓴 사람의
혼잣말을 듣는 걸까?
아, 책이 빙그르르 도네!
힛, 꼭 벌새 같아.
왱왱 소리가 날까?
읽는 게 아니라 듣는 건가 봐.
처음과 끝은 어디지?
어디 한번 나도 들어볼까….
똑같이 따라하랬지?
그런데 뭘?
어떻게?

눈을 감고 집중을 해보자….
응…, 들린다, 들려…. 남자의 목소리야….
중년 남자의… 오…, 내가 하고 있어!
내가 지금 남의 혼잣말을 듣고 있어!
혼자서 말야! 역시 나는… 언어의 천재!

그렇게 한참을…
그 애는 듣다가 졸다가

때때로 돌아가는 책을
멈추기도 하고

틈틈이 메모를 한다.

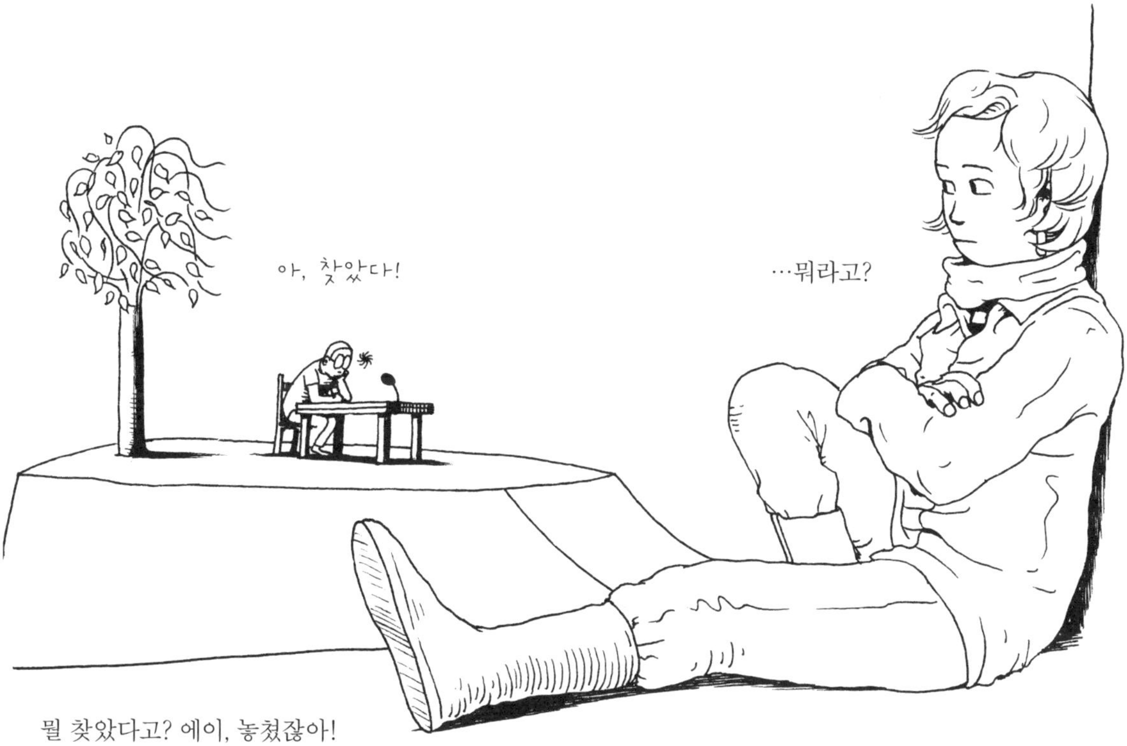

아, 찾았다!

…뭐라고?

뭘 찾았다고? 에이, 놓쳤잖아!
쟤를 보다가 자꾸 소리를 놓쳐!
눈을 어디다 두지?
감는다고 더 잘 들리는 것도 아냐.
좋은 방법이 없을까.
눈과 소리 사이 어딘가에 집중해야 해.
　　　　그래, 그 사이에 어딘가에
　　　　　　　사이에
　　　　　　　　　사이에
　　　　　　　　사이에

사ㅇ

2. 친구가 언젠가부터 말이 없었었습니

처음엔 이상하게 냉담해지기 시작했죠…… 내가 민감한 거라고 애써 외면하고… 전처럼 대하려고 하다가… 결국은 내가

달 부터 말입니다. 어렇다 할 일이

라면 안 해본 일도 할 수 있다고 생각할 정도였는데 뭐. 그런 마음까지 알 리는 없지만요. 도대체 무슨 일이 있었는지

작은 불만들이 쌓인 거겠죠. 아주

얼굴그

……친구의 마지막 말이 아직도 생생해요…… 나를 그렇게 생각하고 있었는지 몰랐어요. 충격을 받았

알고 계시겠지요? 송구스럽지만,

……언제나 더 절실한 쪽이 상처를 짊어지면, 그제서야…… 다른 한쪽이 홀가분해지는 건가요?

뭘 어떻게 해야 될지 모르겠지만,

모르겠어요……. 어떻게 한 사람의 마음을 찾아갈지…… 어떻게 그 마음까지 도달할 수 있을지 솔직히 모르겠어

이제 저를 필요로 하지도 않겠지만

습게도, 저만은 우리가 서로에게… 필요하다고 아직까지도 생각하고 있어요. 나 혼자 기억의 끈을 놓지 못하면서… 관

싶습니다. 그래서 결심했습니다.

……더 이상 앞으로 나갈 이유를 못 찾겠어요. 이해할 수 있나요?…… 그동안 모아놓은 돈으로 여행을 하겠다

제가 과거에 집착하는 사람이라고
게 털어놓고 싶었던 거라고 생각

하지만 여유가 있어서 그런 건 아니에요…… 저는 이 나이까지 소처럼 일만 했답니다…. 제가 하는 일이 사람을 기계

사람은 의외로 혼자인가 봅니다.

네요. 그 이상이지요. 도와주셔야 됩니다……. 친구를 찾아달라는 게 아닙니다…… 이 긴 여행을 할 용기를 받고

하나 없으니까요.

……말해주세요………, 이 여행이 의미가 있는 것이라고……… 그냥 한마디 용기를 주세요:

…. 설명도 없이 그냥 , 어느

못했는지 물어봤죠. 그때부터 쭉 대답이 없었어요…… 얘기할 기회도 주지 않고 절 피했어요. 둘도 없는 친구였고,

있었던 것도 아닙니다. 아마도

혹시 무슨 소문이라도 들었는지…… 아니면 나도 모르는 실수를 한 건지… 별별 상상을 다 해봤지만, 그럴 만한 일이 없

니께선 왜 이런 일들이 일어나는지

제가 정말 그런 인간일까요? 당신은 사람 관계의 전문가잖아요. 왜 항상 한 사람만 절실하고, 한 사람은 '될대로 되라

움을 얻고 싶습니다.

도 도와주셔야 돼요. 꼭이요. 그 친구를 정말로 잃고 싶지 않은데 다가가려는 노력까지 거부하니 도무지 용기가 나질 안

이미 오래전의 일이지만,

그래요 이미 옛날 얘기죠……. 아마 지금쯤이면 저를 기억도 못하고……… 잘 지내고 있을지도 몰라요, 그럴 거예요……

그저 마지막 대화라도 나누고

금이라도 살려놓고 싶어요. 화해도 아니죠, 싸운 일도 없었으니… 어떤 응어리를 푸는 거겠죠… 그 어떤 실타래를 풀

그 친구를 찾으려 가야겠다

제 주위 사람들에게 말하면 바보 취급하거나………… 늘그막에 주책이고, 호사라고 생각할 겁니다………

생각하실 겁니다. 그저 누군가에

주시길….

듭니다…… 사실 나이를 먹어도 그대로 사람인데… 속을 드러내면 손해만 보죠.

일 중요한 질문들은 물어볼 사람

사람들에게 감상에 빠진 괴짜 취급 받고 싶지 않아요. 따돌림이 무서워서가 아니라 그런 대우를 받을 일이 아

수고했어.
피곤할 텐데
얼른 가서 자.

근데
저 애는 누굴까?

사실 궁금한 건
그것만이 아니야.
그 교수들은
왜 이런 듣도 보도 못한
언어를 가르쳐주는 걸까?
언어학자들인가?
그리고…

히드라같이
생긴 것들이
책이라면,
비행기에서
본 책은…

제5장

찬찬의 특별 강의

누구의 것일까?
그 하얗게 빛나던 책은.

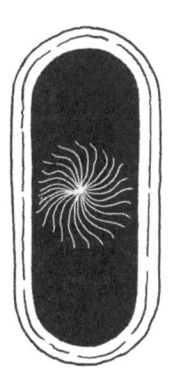

뽀사시한 게 예쁘던데…
혹시 검은색은 남자 책,
흰색은 여자 책?
앗, 그렇다면… 나의?

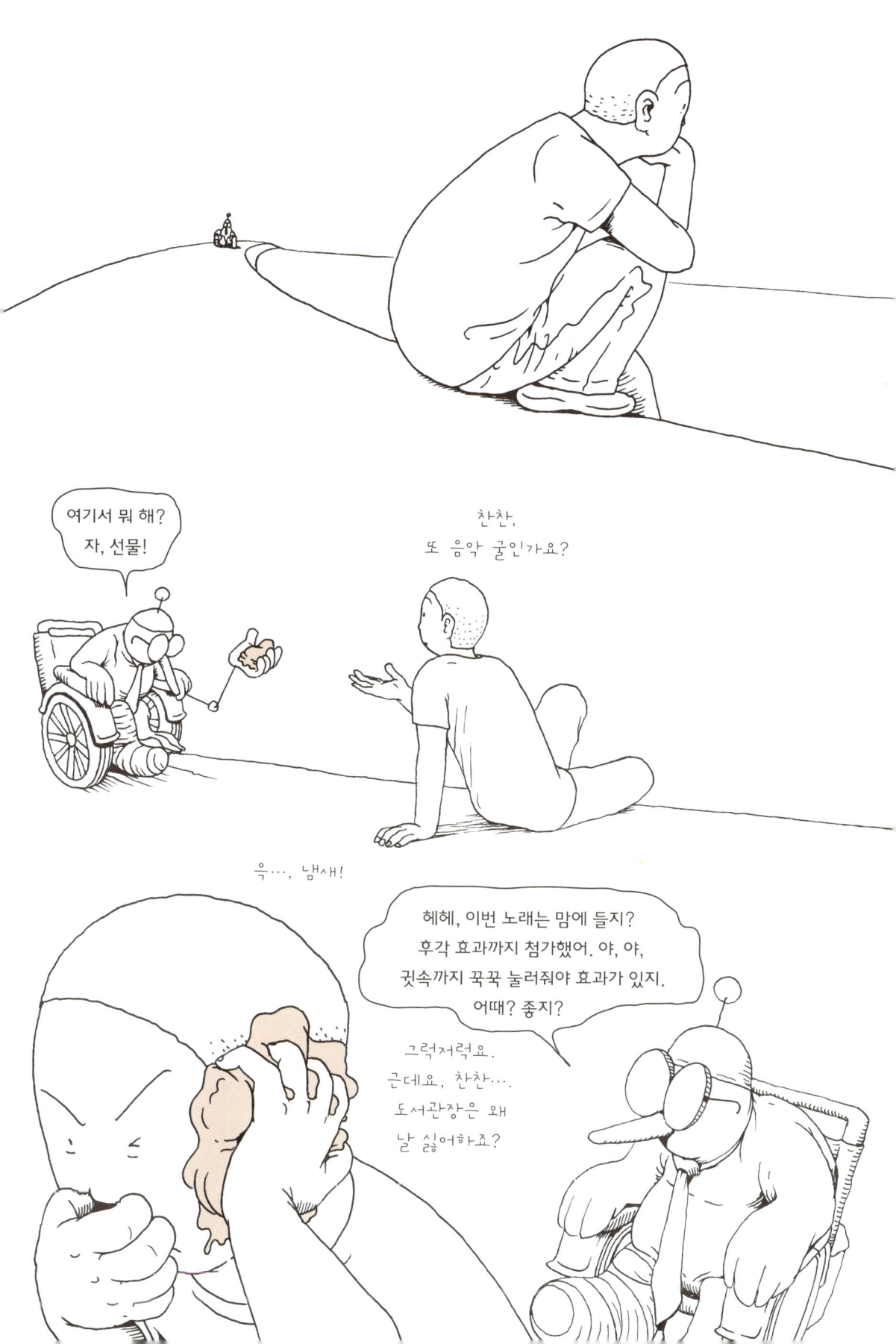

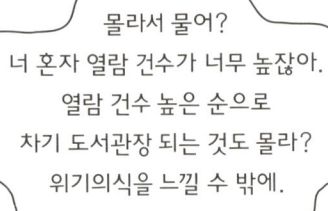

몰라서 물어?
너 혼자 열람 건수가 너무 높잖아.
열람 건수 높은 순으로
차기 도서관장 되는 것도 몰라?
위기의식을 느낄 수 밖에.

그래도 관장 입장은 그게 아니지.
너만 빼면 아예 경쟁자가 없는데
경계하는 게 당연하지.

너무 신경 쓰진 마.
지금은 일 터진 것들
땜에 정신없으니까.

전 도서관장
관심 없어요.

왜요?
무슨 일 났어요?

SPACE

Credibility
or
Custody

U-eye

100
Most Influential
People of the World

무슨 일? 장난해?
지금 무슨 말이 도는지도 몰라?
도서관 경영난이 너무 심해져서
이사회가 GB랑 손잡았다는
소문이 짝 퍼졌다고!

소문이 사실이라면
그림자들은 모두 비정규직으로
전환될 거야. 난리가 나는 거지!

우리 아즈하의 운명 전체가 풍전등화야.
도서관도, 너도, 나도!
다 이놈 때문에.

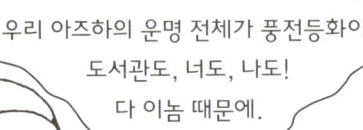

GB? GB가 누구죠?

넌 뉴스도 안 보냐?
재벌 가문 '길븐 패밀리' 리더지 누구야?
'세계에서 가장 영향력 있는 인물 1위'?
가장 '위험한' 인물 1위지.

뭐가 그렇게 위험하다는 거예요?

쯧쯧…, 무이.
난 널 친구로서 아끼지만,
너의 무식에
혀를 내두르겠다.

지금 상황을 봐.
3차 대이주가 코앞으로 다가왔잖아!
거기다 그림자들은 파업 들어갈 태세고,

이 상황에서
GB와 M&A를 강행하면,
아즈하도 에코도서관도
사실상 포기한다는
얘기가 아니고 뭐냐고?!

너 아무래도
좀 따라와야겠다.
연구실로 가자.
사상 교육 좀 받아야지
안 되겠다.

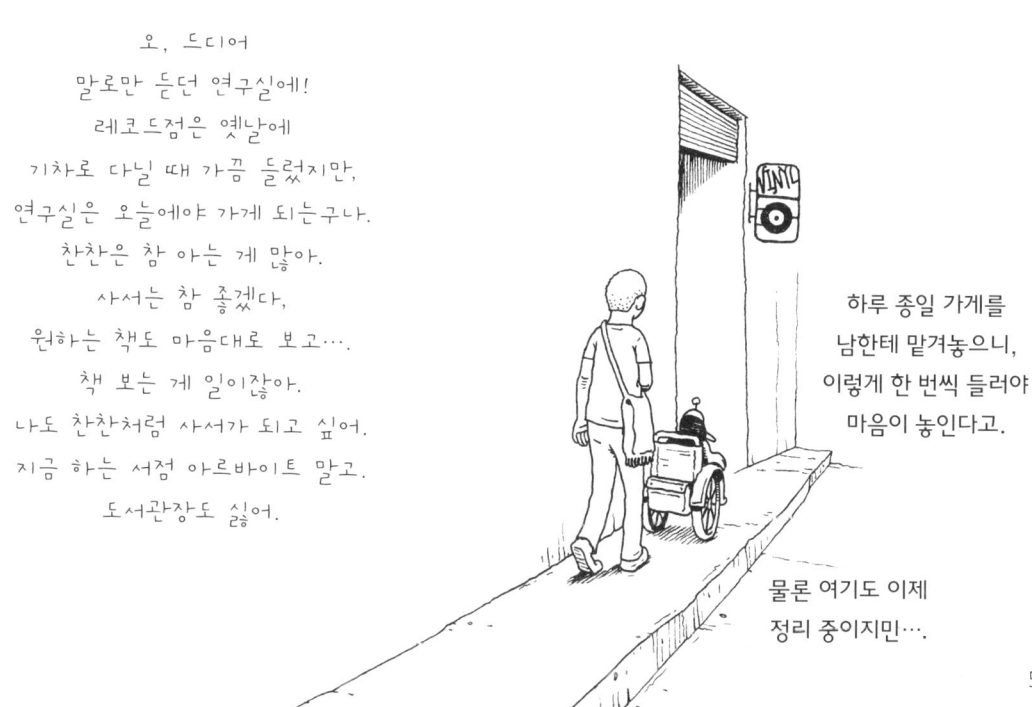

오, 드디어
말로만 듣던 연구실에!
레코드점은 옛날에
기차로 다닐 때 가끔 들렀지만,
연구실은 오늘에야 가게 되는구나.
찬찬은 참 아는 게 많아.
사서는 참 좋겠다,
원하는 책도 마음대로 보고….
책 보는 게 일이잖아.
나도 찬찬처럼 사서가 되고 싶어.
지금 하는 서점 아르바이트 말고.
도서관장도 싫어.

하루 종일 가게를
남한테 맡겨놓으니,
이렇게 한 번씩 들러야
마음이 놓인다고.

물론 여기도 이제
정리 중이지만….

아, 아뇨, 그게 아니라요, 주인님. 우리 집사람이 갑자기 임신하는 바람에 아니 갑자기 출산을 해가지고는….

아니, 아직 해가 쨍쨍한데 왜 벌써 셔터를 내려?

글쎄 안 된다니까요!

아니, 이 사람아, 멀쩡한 문화 상품권이 왜 안 된다는 거야?

여기서 마지막으로 샀던 음반이 「돌과 길」이었던 것 같은데…. 여기도 문을 닫으면 어디서 사지?

그냥 가져가세요.

무이야, 너 이걸로 영화나 봐라.

진작 그렇게 나올 일이지….

연구실로 올라가자.

여긴 원래 현금 장산데, 접는 마당에 아무렴 어때.

내가 세계의 진짜 모습을 그려주지.

어때, 끔찍하지?

ORANGE LOCUS UNION
오렌지 로커스 연합

AZHA
아즈하

1차, 2차 대이주, 그리고 이제 곧 3차…. 아즈하 인구가 다 OL로 빠져나가 버렸지.

OL이 비대해지면 시소 원리에 의해서,

아즈하 쪽 별들의 위치와 궤도의 모양에 큰 변화가 일어나게 되지.

음…, 근데 찬찬, 책에다 이렇게 막 써도 돼요?

잡소리 말고 잘 봐봐. 별들 사이의 간격이 어떻게 됐는지….

보여? 별끼리 멀어졌지? 균형을 맞추려다 보면 성간 거리는 점점 늘어날 수밖에. 악순환이 반복되는 거지.

글쎄…. 나도 정든 가게가 없어지는 게 싫고, 다 이주하는 것도 싫다. 하지만… 뭐가 악순환인지, 뭐가 그렇게 끔찍한지는 모르겠어.

이해 안 된다고 얼굴에 써 있구만…. 쉽게 설명해주지.

찬찬,
에코북을 개인적으로
소장해도 돼요?

박제 처음 봐?
도서관에 널린 게 이런 건데 뭐.
어차피 이 상태쯤 되면,
이미 책으로서의 생명은
끝났다고 봐야지.

무이,
저 위에서
두세 개만 내려봐.

한 페이지만
따로 있는 건
처음 봐요….

맛이 가기 직전의 상태지.
에코북이 생명력을 가지는
최소 단위는 두 페이지야.

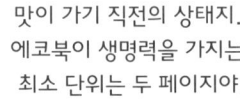

저 흰 건 뭐죠?
처음 보는데….

아무것도 아냐.
봐봐, 한 페이지 상태에서도
아직 숨은 붙어 있어.
다른 페이지와 가까이만 있으면
생명은 유지해.

근데, 이렇~게 서로 멀어지면,

저쪽은 이쪽이 없다고 생각할 거고
이쪽은 저쪽이 사라졌다고 생각하겠지,
그렇지?

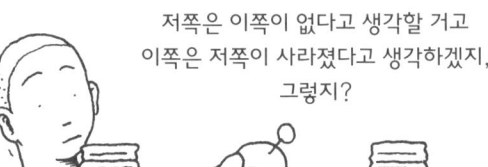

그리고 이 사이에
작은 틈만 생겨도
귀신같이 파고드는 길쀼 같은
놈들이 벽을 만들어버리면…

마지막 두 페이지들이

서로의 존재를 확인할 길은
영원히 막혀버리지.
영원히!

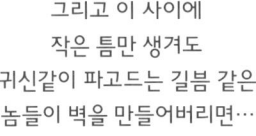

뭉치면 살고
흩어지면 죽는다,
이건가요?

아니지—!
그렇게 단순한 게
아니라니까
이 바보 순둥아!

그러면요?

생각을 해, 생각을!
내 말은 "존재가 다른 존재의
존재를 확인할 수 있는 최소한의
소통 거리가 존재하느냐?"라는
존재론적 질문에 "그래, 엄연히
존재한다!"라고 선언하는
존재의 외침이라고!

모,
모르겠어요.

에잉,
꼴통 같으니라고….
기다려봐. 어렵게
얘기할 것도 없어.

한마디로
이놈이 없어져야
세계의 균형이
잡힌다 이거야!

길븜이요?

얘 하나면 편하게?
길븜 패밀리 전체를
분쇄하지 않으면 안 돼.

그러려…면…
어떻게 해야
되는데요?

빙고! 훌륭한 질문이야!
"어떤 전략 전술이 필요한가?"
이제야 겨우 말귀를
알아쳐먹는구만!

근데 이건
뭐냐니까요?

그냥 방부 처리한 거야.
신경 끄고 따라와봐.
내가 재밌는 걸 보여줄 테니.

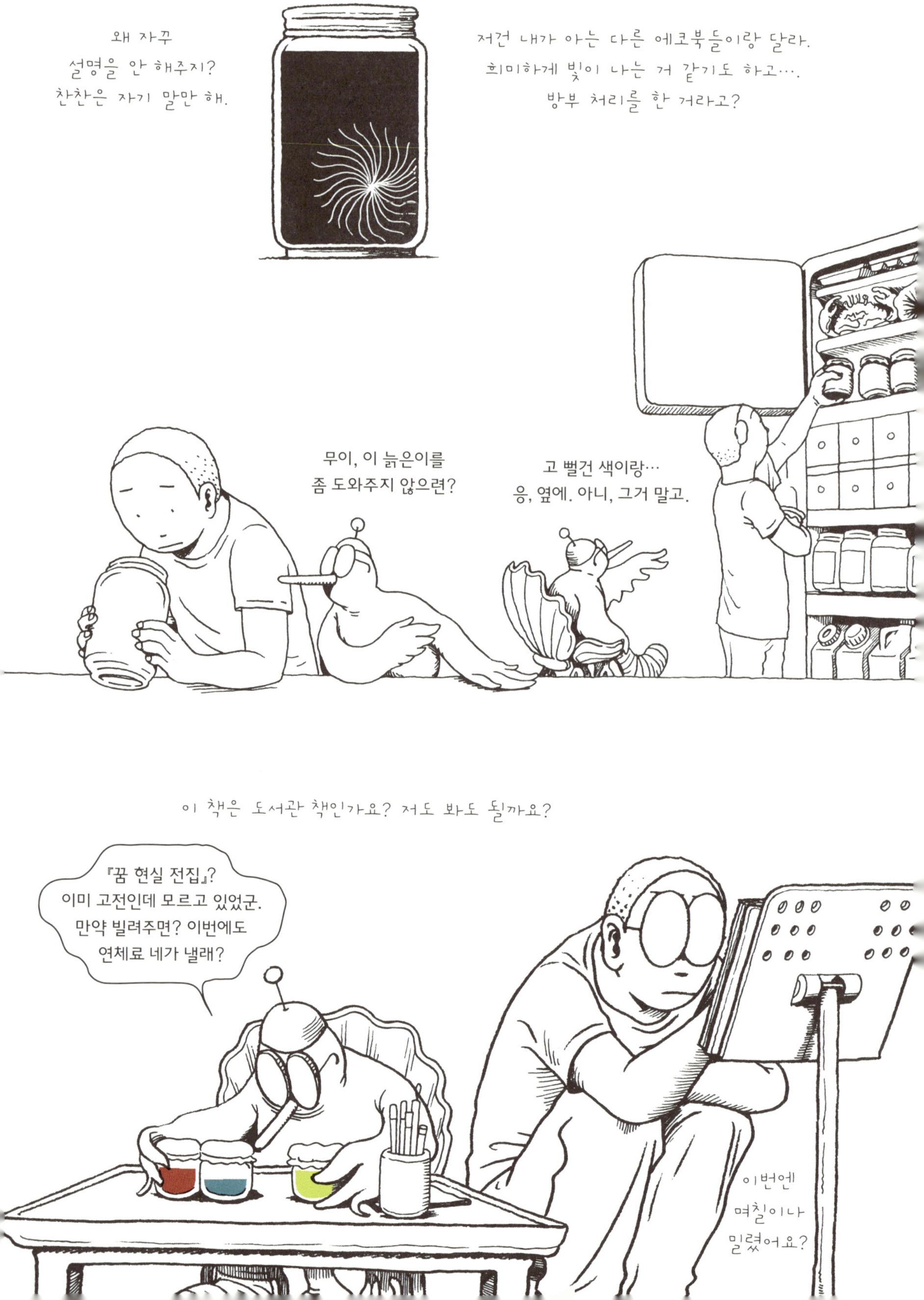

왜 자꾸
설명을 안 해주지?
찬찬은 자기 말만 해.

저건 내가 아는 다른 에코북들이랑 달라.
희미하게 빛이 나는 거 같기도 하고….
방부 처리를 한 거라고?

무이, 이 늙은이를
좀 도와주지 않으련?

고 뻘건 색이랑…
응, 옆에. 아니, 그거 말고.

이 책은 도서관 책인가요? 저도 봐도 될까요?

『꿈 현실 전집』?
이미 고전인데 모르고 있었군.
만약 빌려주면? 이번에도
연체료 네가 낼래?

이번엔
며칠이나
밀렸어요?

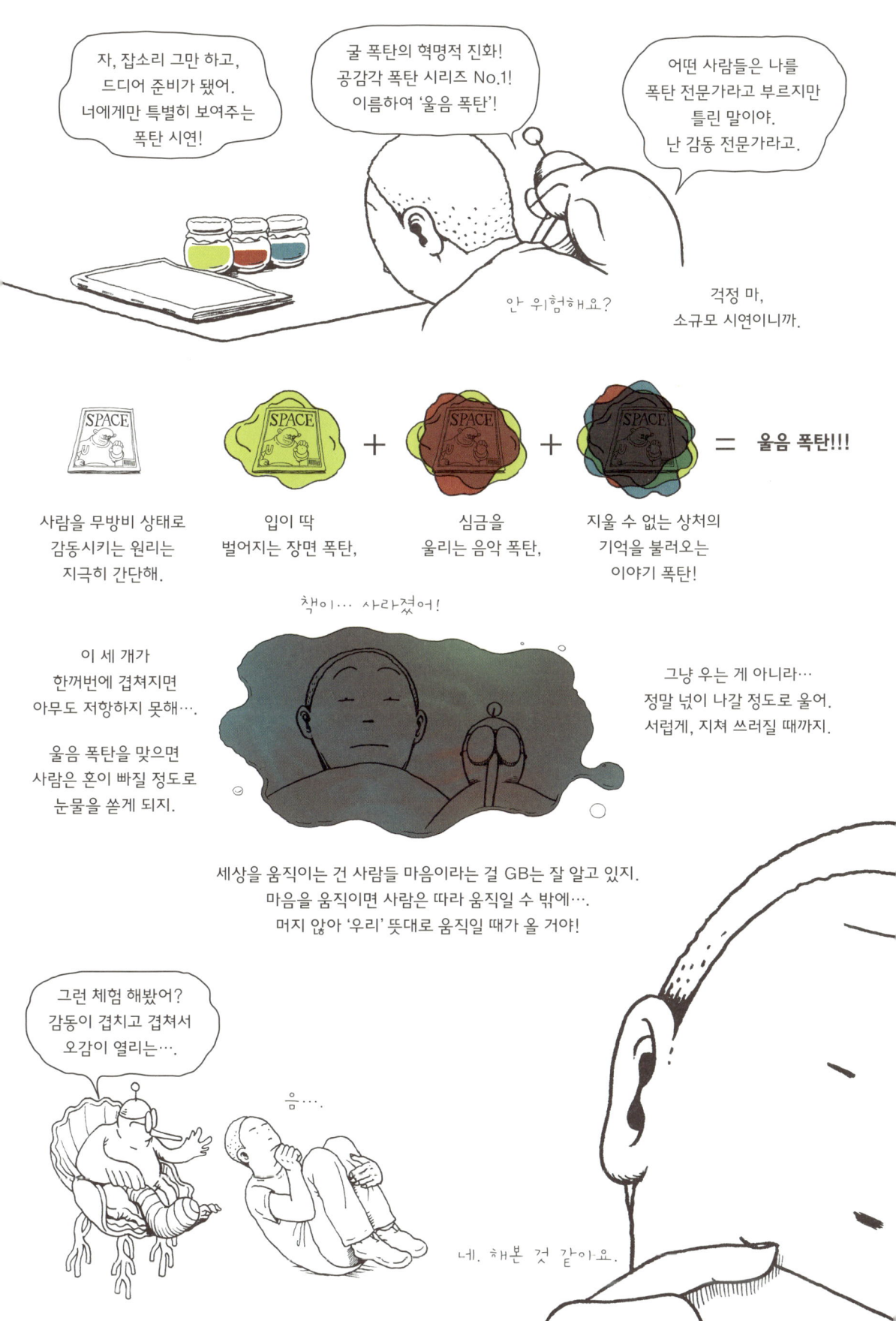

이과수 폭포에 갔을 때였어요….

'악마의 목구멍'에 다다르자,
혜성도 그 자리에서 멈춰버렸죠.

응, 딱 그런 거였어요.

표현의 의지마저 압도하는
푸른 힘의 광경.

때마침 혜성에 흐르던 음악,

그리고 은은히 속삭이는 이야기꽃 향기….

지극히 거대하고도 믿을 수 없을 만큼 고요했어요.
참, 하나 더 있어요. 제일 중요한 거.

그 순간을
나의 소중한 소우주와
함께 했다는 사실….

평생 잊지 못할,
두번 다시 오지 못할
순간이었어요.

어쩌면 참참 말이 맞아요.

그 상황에서 누군가가
폭포로 떨어지라고 했으면
떨어졌을지도 몰라요.

영원과도 맞바꿀

한 순간.

시험이라니!
시험이라니!
어떻게 이럴 수가 있어?
얘기가 다르잖아?
시험 본단 말 없었잖아?

나쁜 놈들 같으니라고!
시험 얘기는 쏙 빼놓고 말야!

너무 염려 마세요.
어려운 시험은 아니에요.

어렵든 쉽든 시험은 시험이라고!
내가 얼마나 시험을 싫어하는데.
그게 좋았으면 옛날에
엘리트 코스를 밟고 있었겠다. 흥!

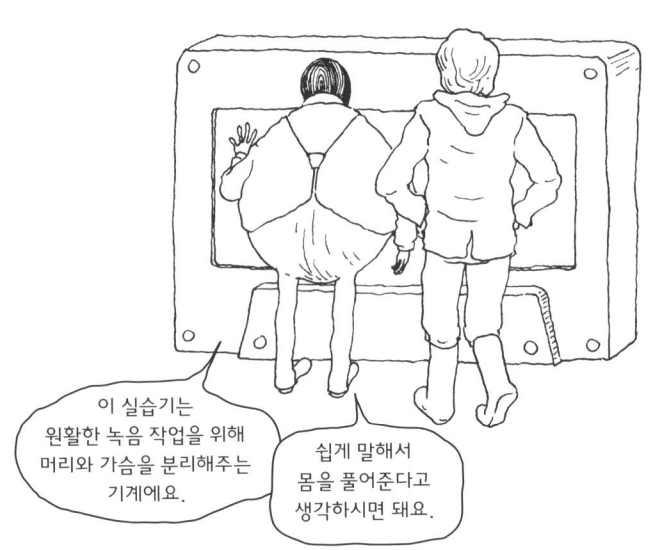

이 실습기는
원활한 녹음 작업을 위해
머리와 가슴을 분리해주는
기계에요.

쉽게 말해서
몸을 풀어준다고
생각하시면 돼요.

우선
머리를
넣어주시구요.
들어가시죠?

안 들어가면
쪽 팔리는데….

작동 시작하면
몸에 힘 쭉 빼시고.

아주 딱 맞네,
그냥.

최대한 건조한
생각을 해주세요.
자, 돌아갑니다.

지금보다 더?
내 인생은 지금도
충분히 건조하다고.

힘 주지 마세요.

어, 어, 어!

힘 주시면 안 된다니까요.

으아~악!
나 목 꺾여!

휴우….
그렇게 몇 백 번을 돌았는지 몰라.
나중에 완전히 지칠 때쯤 되니까
겨우 머리가 따로 돌아가더니
한 번 분리되고 나서는
요상하게 무감각해지는 게
말 그대로 머리랑 몸이랑 따로 따로
분리된 느낌이 들더라고.

이제 그만하면
됐어요.

기분 진짜
묘하네….

자,
이제 녹음 실습할 건데요.
몽구스 사용법을
잘 익히셔야 돼요.

몽구스?
그게 녹음기 이름이야?

네.
먼저 이어폰부터.
첨엔 쫌
까끌거리실
거예요.

'쫌'이 아닌데?
여기 물건들은
하나같이….

초점
밝기
대비
색상

일인칭 주인공
일인칭 관찰자
다중 시점

삼인칭 제한적
전지전능
대안 시점

이인칭
시제
상상 시점

AUTO
CAM
CA
GE

1st Prt   1 Obj   Multi   Catch   REC   S
          Lock   Default   V
3rd Lim   Omni   ALT   Echo   Audio
          IMG
2nd   Tense

FDR(Flight data recorder)는
보통 몽구스와는 비교도 안 돼요.
비디오 기능, 시점 선택, 근접 거리
청취가 모두 가능해요.
단, 기능이 많은 대신 컨트롤을
잘못하시면 잡음이 섞이니까
주의하셔야 되구요.

GB는 무슨 문어발 기업인가 봐?
누가 되게 나쁘다고 그랬던 것 같은데?

그렇지 않아요.
교수님들 말씀에 따르면,
만약 GB가 없었으면
에코도서관은 벌써 옛날에
문을 닫았을 거래요.

ENREGISTRIEUR DE VOL NE PAS OUVRIR
FLIGHT RECORDER DO NOT OPEN

제6장

암시? 엠,시!

그럼 한번 해볼게요,
이제부터는 에코로만 말씀하셔야 돼요.
준비되셨지요?

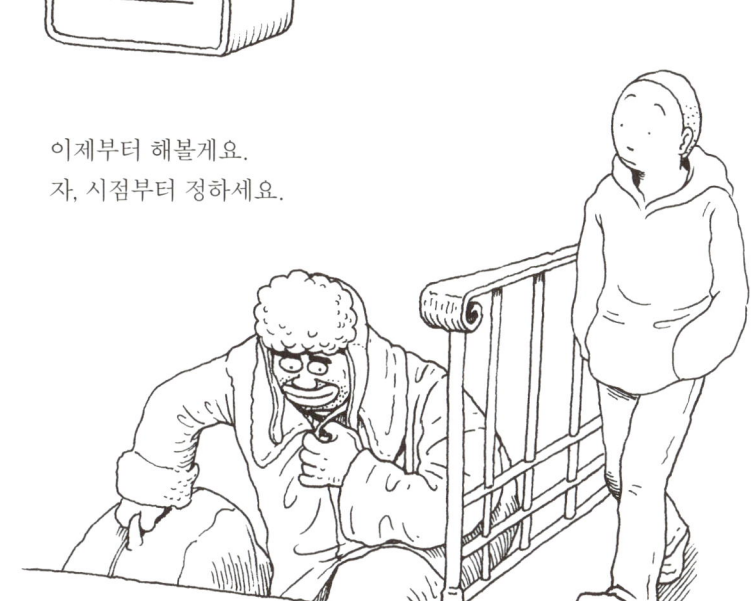

이제부터 해볼게요.
자, 시점부터 정하세요.

시점? 무슨 시점?

왼쪽 버튼 중에서
아무거나 고르시면 돼요.

'삼인칭 관찰자'가 당기는데…
그냥 누르면 되지? 누른다아.

자, 3인칭 관찰자.

이번엔 오디오를
ON 해보실래요.

오디오 ON.

이번엔… 일인칭 주인공으로
전환해보시구요.

·············의자 안녕···

'일인칭 주인공'.
바뀌었다―

이번엔,
일인칭 주인공, 상상 버튼.

다시, 삼인칭 관찰자.

·····헤헤···········봐···

·····항상 마지막 한 입을 남기고·····

·····음식을 노려보는 버릇은 여전하네·····

커서로 카메라 뷰를
돌릴 수도 있구요….

·음···이거 너 가져······누가 준 건지는 모르지만··

오디오 소리 좀
낮춰보실래요?

...갖다놓겠지...무슨 내용일까......

어때요? 쉽죠?

이번엔 '다중+오디오' 한번 눌러보세요.
반경 50미터 안에서 주인공에게
가까운 사람부터 선택돼요.
볼륨 살짝만 올려주시구요.

여어, 삼보.

뚱땡이, 안녕

오늘 웬일로
말끔하냐?

DJ,
쟤네들은 누구니?
친구들?

친구라기보다는 이웃에 가깝죠.
셋이 모두 이 건물에 살아요.
3층에 사는 모기는 자동차 정비사,
2층의 삼보는 심리학과 대학원생이에요.

푸하하, 저 뚱땡이 말이니? 대학원? 안 어울려!

뚱땡이 주제에 아는 척하긴
티를 내요, 티를.

소개팅 했냐?

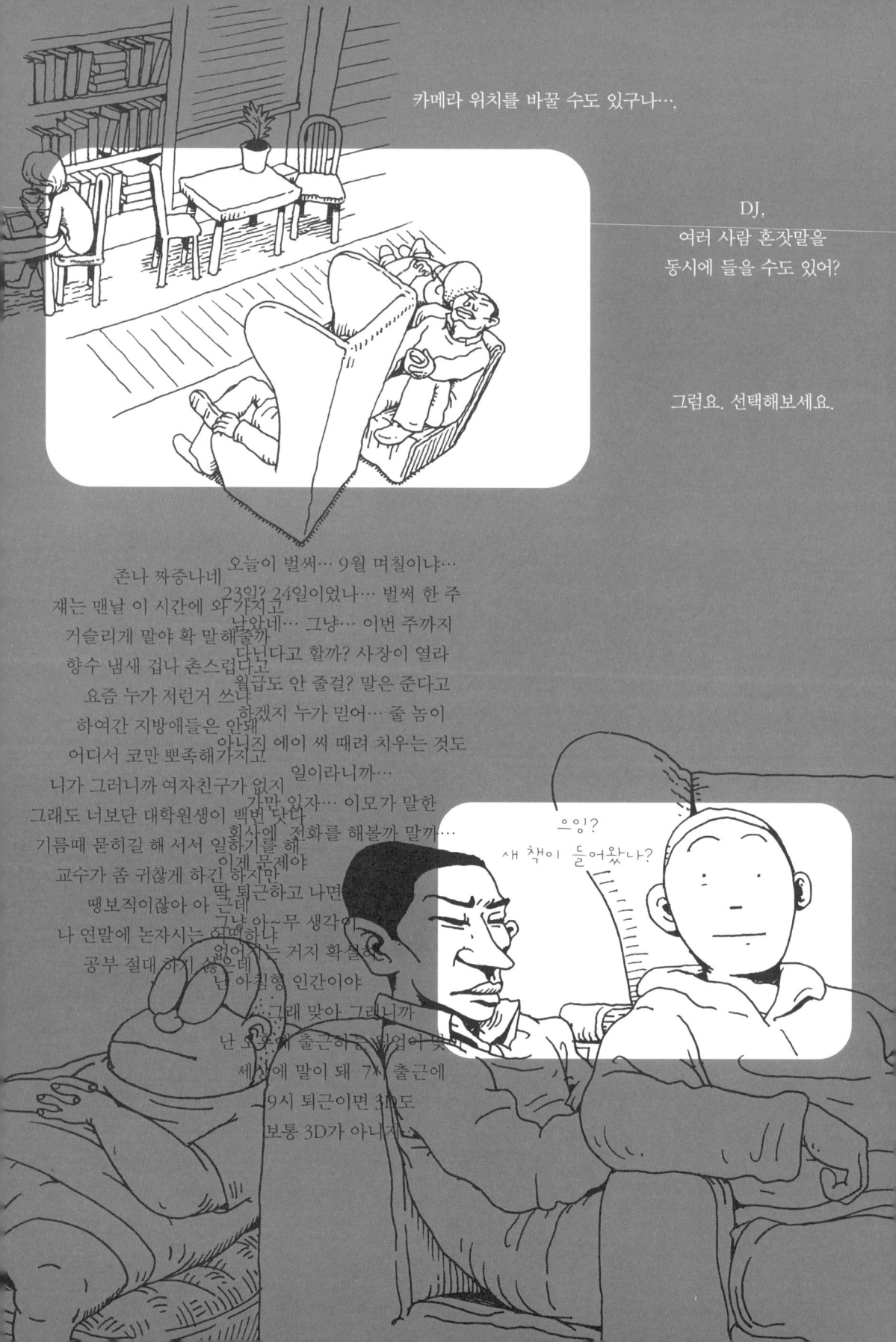

왠 남자애들이 왜 저렇게 좋알댄대? 정말 듣기 싫으네…. 에이, 하나만 남기고 OFF닷.

가만있자…
『사라지는 목록』!?
설마…! MC!

DJ, 이 '전지전능 시점'은 뭐야?

아, 그거는요 버튼만 있고, 작동은 안 돼요.

그러려면 뭣하러 만들었대?

MC!

어제 이 책 생각이 났었는데
여기 꽂혀 있다니….
누가 기증했나?
설마….
어제 왔을 땐
분명히 여기 없었어.
이건 암만해도
MC 같은데….

그래,
우연이라고 하기엔
너무… 너무… 딱이야.
꼭 누가 나 보라고
갖다놓은 것 같잖아.

근데… 자꾸 모르는
단어가 나오니까
내용이 이해가 안 돼.

무슨 단어요?

음…, 예를 들어
쟤가 자꾸 하는 말,
뭐였지, '암시'였나?

아, 엠시요?
미디어 커리큘럼….
무이 혼자 쓰는 개인어들이
많아요. 단어장에
다 나와 있어요.

아, 맞다.
단어장이 있었지?

응응!

……이 페이지엔 나뭇잎 책갈피가 있네…나 좋아하는…어, 이 시 잖아…? 나 이 시 알아… 기억나……

이게 단어장이라 이거지?
시험 얘길 하는 바람에 펴보지도 않을 생각이었는데.

여보세요?
네, 교수님.
네. 네. 아직까지는요.
네…, 그럼 바로
진행하는 걸로요?

까짓거 한번 봐주지 뭐.
뭐라 그랬더라?
…MC?

Media Curriculum
매체 커리큘럼 (⇒"M.C.!")

매체 : 💡
커리큘럼 Curriculum
: 인생방로

예를 들어, 그것을 ● 라고 하기로 하자.

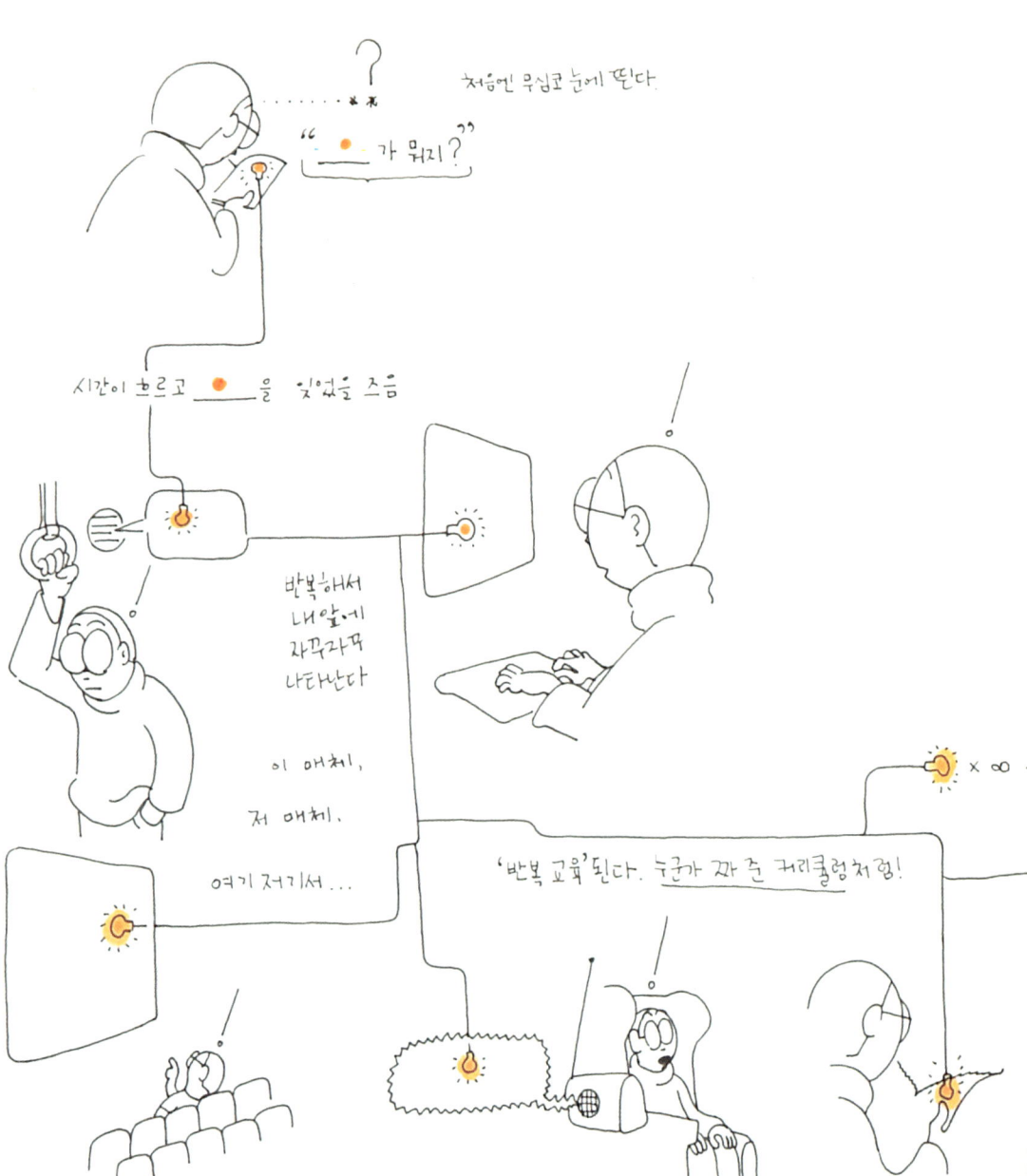

제7장

새벽 네 시에서 네 시 반

지금부터 저희가 하는
에코 대화는 녹음이 될 거예요.
단어장이랑 딴 사람 혼잣말은
녹음에 방해가 되지 않도록
가끔씩만 참고하시구요.
첨엔 생소한 개념이 많을 테니까
제가 도와드릴게요.

그 애다!

앗, '짝게' 말씀하셔야 돼요, 목소리 섞이겠어요.

어디로 가는 거야? 혹시 에코도서관 가는 길?

아니요, 도서관에서 돌아오는 길이랍니다.

우리 이렇게 떠들어도 되나?

괜찮아요, 짝게만 말씀하시면.

지금 오디오 끈 거야?

아뇨.

근데 왜 이리 조용하지?

아, 숙제 중인가 봐요.

매일 새벽 네 시에서 네 시 반 사이는
무이가 숙제하는 시간이에요.
친구 소우주와 함께.

도서관에서 무이는
사연을 보낸 의뢰인들의
에코북을 열람해요.
무이는 들어요.
왜 고민하는지
왜 슬프고 답답한지
더 깊이 알기 위해….
무이에 따르면,
모든 아픔의 목소리에는
반드시 위로의 목소리가 있대요.
문제는 맞는 목소리를 찾는 일.
새벽 내내
찾고
찾고
찾아서
찾아질 만하면
혜성은 어느새
소각 위성 상공을 지나고 있어요.

무이는 소각 위성을 그냥 지나치는 법이 없어요.

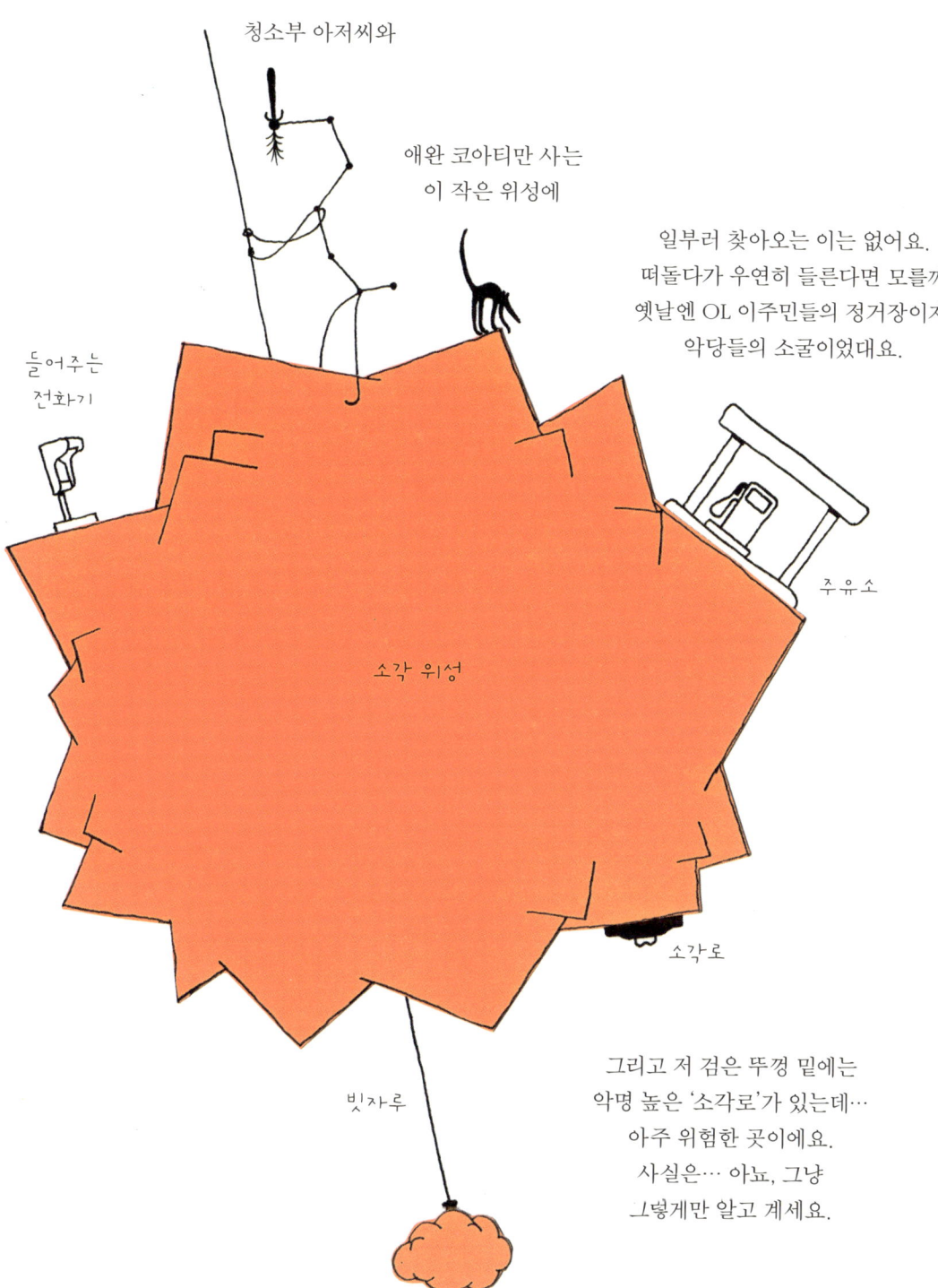

청소부 아저씨와

애완 코아티만 사는
이 작은 위성에

일부러 찾아오는 이는 없어요.
떠돌다가 우연히 들른다면 모를까.
옛날엔 OL 이주민들의 정거장이자,
악당들의 소굴이었대요.

들어주는
전화기

주유소

소각 위성

소각로

빗자루

그리고 저 검은 뚜껑 밑에는
악명 높은 '소각로'가 있는데…
아주 위험한 곳이에요.
사실은… 아뇨, 그냥
그렇게만 알고 계세요.

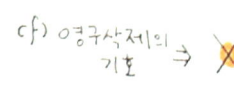

다) 영구삭제의
       기호 → ✕

소각로 영구삭제의 길
(≒ 소멸로, 무의미 Trip 통로...)

무시무시한 일이 벌어지는 곳.
무언가를 존재의 지도에서 영원히 삭제하는 일.
(내가 그렇게 된다고 생각해보라!)

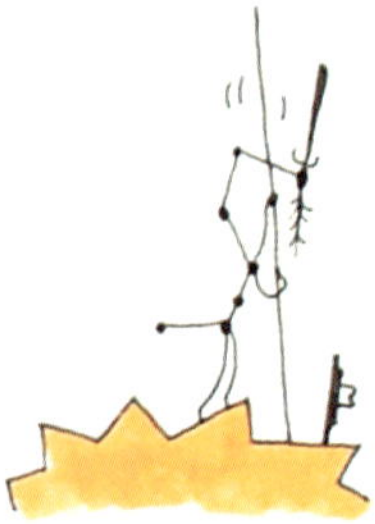

소각로뚜껑은
청소부만 연다.
빗자루를 소독하게
위해 담군다.

통로는 잡아버려도
그 긴 빗자루가
다들어가는 걸
보면, --------→

다른 세계로
통하는 통로가
분명....!

↓ 더
조사해볼
것.

?
✕₁ ✕ 는 누가 하나?
         └→ 수로   불법 그림자들 ++++

밀입국中

✕ 하는 것을 🖤 안에 넣고,
청소부가 없을때 몰래 잠입

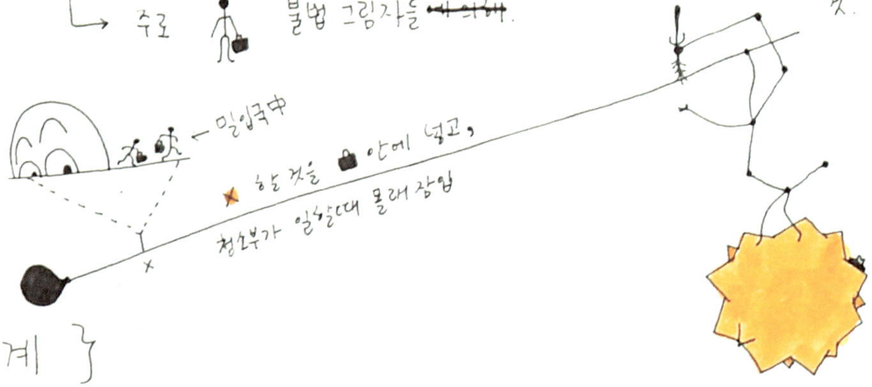

?
✕₂ 어떻게
하나?

{ ✕ 3단계 }

i) 산산조각내기: 준비작업

맞잡고 있을땐 쉽다.

한쪽이 놓아버리면, 혼자 웃지하긴 불가능.
죽어라 노력해도 얼마 못버틴다.

결국, 땅에 떨어지면 산산조각....

다음장

ii) 끌떡 소각 + 증거인멸 : 본격적인 소각 및 과정 ● 인멸 단계.

※ 인멸자 조차 헷갈리는 인멸!!

조각난 것으로는 불충분하다" 큰 조각끼리 엮어두지 재생가능.

 , 조각들을 🧳 에 담고 소각로에 잠입 성공하면...?

> 순간,
> 그림자는 당황한다.
>
> a   a   a
>
> 그림자 자신이 분해되는 경험을[2] 함.
> 가방에 든 조각의 수 만큼.

이제, 남은 일은
'끌떡' 뺀!!... 그러나 갑자기 주위색이 변한다!

그러자 a 도 헷갈린다.   지금은 a 가 뭘하는지 모르고   지금은 a 가 뭘하는지 안보인다.

       ...× ∞

a 가 '끌떡' 했나?   a 가 ...?!?!   이 과정 중 언제인가 끌떡소각이 이뤄진다.

∴ 즉, 아무도, 아무것도 안했는데
소각자도, 소각한 사건도 없었는데

❌ 됐다!!!

i) + ii) + iii)
⇒ ❌ 완수 !!!

iii) 덮어쓰기 ; 아무리.

ii)의 과정을 3번 이상 반복하면, 무의미의 두터운 ~~layer~~ 층이 생기고,
소각로에서 돌아오는 (복구되는) 것은 더이상 없다.

---

1) Ibid., 제5장 〈토막살해의 심리〉中   2) Ibid., p.53.

무이가 이곳을 그냥 지나치지 않는 이유는
바로 이거예요, 공중전화기.
무이는 꿈속에서 항상 누르는 번호가 있어요.
꿈을 깨면 기억나지 않는 그런 번호가요.
그 번호를 누르면 '크림마'라는 사람이 받아요.

크림마! 나예요. 잘 있었어요? 응. '우주선 이론' 얘기해준 적 있나요?

항상 상담을 해주던 무이가
이번엔 상담을 받을 차례죠.

어찌 보면 상담이라기보다
그냥 얘기를 털어놓는다는 게 맞아요.
무이는 이런저런 이론 만들기를 좋아하는데,
얘기할 상대가 마땅치 않거든요.
사실 이론을 만들면,
제일 먼저 소우주에게 말하긴 해요.
그런데 소우주의 반응이, 뭐랄까…
어딘가 시큰둥할 때가 많아서요….

크림마가 누군지는 저도 모르겠어요.
통화를 들어보면 아마도 무슨
글 쓰는 사람이 아닌가 싶어요.

그러니까, 책을 쓰는 건, 결국 여러 사람을 거쳐서 그 사람에게 도달하기 위한 거다, 이거죠. 자기도 모르는.

통화는 짧게 끝나요.
크림마가 항상 바빠서
오래 얘기할 시간은 없나 봐요.
전화가 끊기고 나면,
무이는 아저씨 청소하는 모습을 구경하다가
곧 혜성으로 돌아와요.
숙제를 마저 하려요.

숙제는 잘 되어가나요, 무이 씨?

아, 부슬비가 내리나 봐요.
이 비의 성분은 물이 아니라 이야기꽃이에요.
주로 이 시간대에 잘 내리죠.

이야기꽃은 에코북의 변형된 형태예요.
에코북이 기억이라면, 이야기꽃은 추억이라고 할 수 있죠.

이야기꽃이 내릴 조짐이 보일라치면,
무이는 적당한 곳에 닻을 내려요.
이야기꽃은 귀해서 이렇게 받을 수 있을 때
혜성에다 충분히 비축해둘 필요가 있거든요.

그 이야기꽃으로 뭘 하냐면요,
(사실 이건 옛날에 무이가 찬찬한테 배운 걸 응용한 건데요.)
숙제에 쓸 향수를 만들어요.

향수를 조제하는 법은
정말 간단한데요,
준비물은
뒤집어진 우산 하나와
물뿌리개.
그리고
소우주의 도움.

우산으로 받은
이야기꽃 이슬들을
물뿌리개에 따르고

준비된 숙제 위에
소우주를 앉힌 다음,

그 사이에
금방 녹은 이야기꽃을
흠뻑 뿌려줘요.

아, 참!
앙리를 빼먹을 뻔했네요!
앙리는 너무 작아서 늘 소외되죠.
소개할게요,
식물 통역사 앙리.
무이와 소우주는
가장 친한 친구 사이지만
소우주는 사람 말을 못하고
무이 역시 식물 언어를 모르니
중간에 통역사가 필요하죠.
복잡한 말은 못하지만
기쁨이나 슬픔 같은 정서는
분명히 전달할 수 있어요.

아무튼 그렇게 차분히 기다리면,
소우주를 통해 정화된 이야기꽃이
숙제의 펼쳐진 면에 촉촉히 스며들어요.
그러면 이제 보내는 일만 남은 거예요.
의뢰인이 겉봉투를 뜯고 숙제를 꺼내는 순간
정화된 이야기꽃 특유의 기운이 확 퍼지면서
감각이 맑게 열린 기분으로
편지를 읽을 수 있는 거죠.

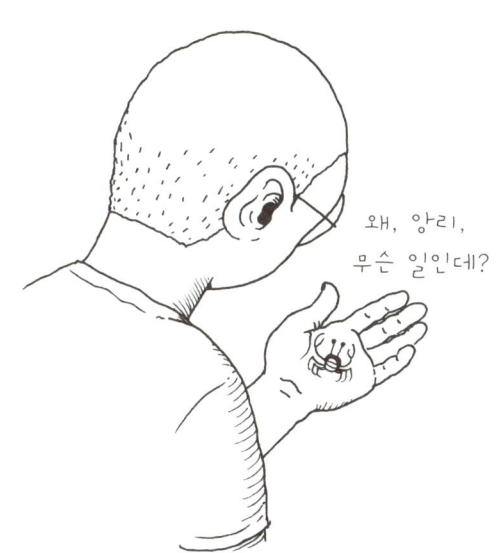

왜, 앙리,
무슨 일인데?

아~! 정말?
'올해의 날 시상식'이 오늘이었어?!
하마터면 그냥 넘어갈 뻔했잖아!
네가 얘기 안 했으면...

무이! 아저씨 왔다!

쾅!쾅!쾅!

에이, 하필 지금!

97

저 분은 솔 아저씨예요.
무이 어머니의 대리인이죠.
격주로 그동안 도착한 편지들과
'용돈'을 전해줘요.

자, 요번 주 봉급.

편지.

아저씨는 항상 최악의 타이밍에 나타나서
무이를 방해해요.
아저씨 잘못은 아니죠.
문제는 꼭 뭔가를 팔려고 하신다는….

무이…,
진짜 죽이는 물건이
들어왔는데 함 볼래?
이건 뻥 안치고
너만 특ㅡ별히 보여준다.

됐어요,
지금 바빠요.

앙리가 혜성에 상주하기 전에 무이를 도왔던
동물 통역사들이 이날 모두 초대되니,
혜성 식구들에겐 큰 행사죠.

올해의 날….

이제 곧 발표가 있을 텐데요,
그날이 이미 지난 날인지
앞으로 올 날일지에 따라
한 해가 달라진대요.

드디어 발표가
있겠습니다!
두둥~!

올해의
날은…

9월 __일

와,
9월!

9월 2_일

이십…?!

!!!!

따르르르르르릉

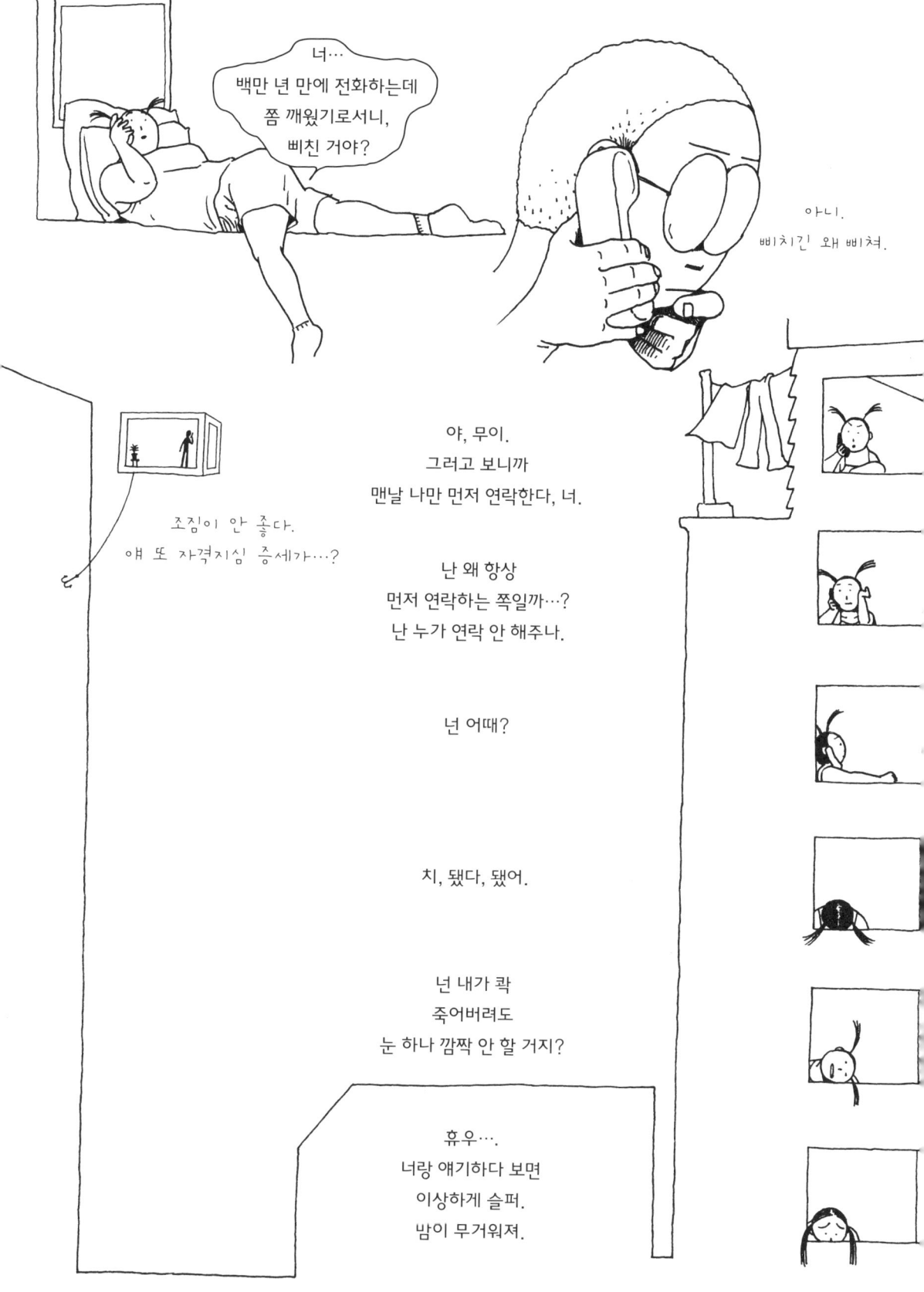

비상사태 발생!

　　비상사태 발생!　　전방에 납덩이 출현
　　　　　　　　　　동반 침몰 위기!

뭐야,
너 거기 있어?
끊었어?

아냐,
얘기해.

아니… 뭐…
무슨 일 있어서 한 건 아니고…
그냥… 했지 뭐.
아, 맞다.
생각났다.
나 오늘 거기 갔었다?
'등대'.
기억나지?
우리 처음 만난 데잖아.

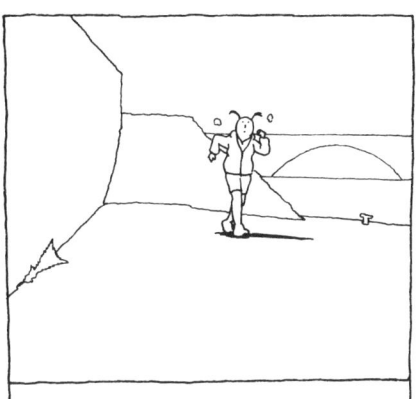

요즘 살 빼려고
알바 끝나면 조깅하거든.

조깅?

응, 조깅. 나 뛰는 거 좋아하잖아.
어쩌다 '등대'까지 갔었거덩?

......

커플만 한 쌍 있구, 아무도 없었어.
아 참, 진짜 귀여운 오리들도 있었다.

거위였겠지….

응. 뭐 하여간
심호흡도 하고 체조도 하고

근데 내가 엠피스리
셔플로 해놨거덩?
근데 딱 그때…

딱 그 노래가
들리는 거야!
500개가 넘는
곡들 중에서!

MC!

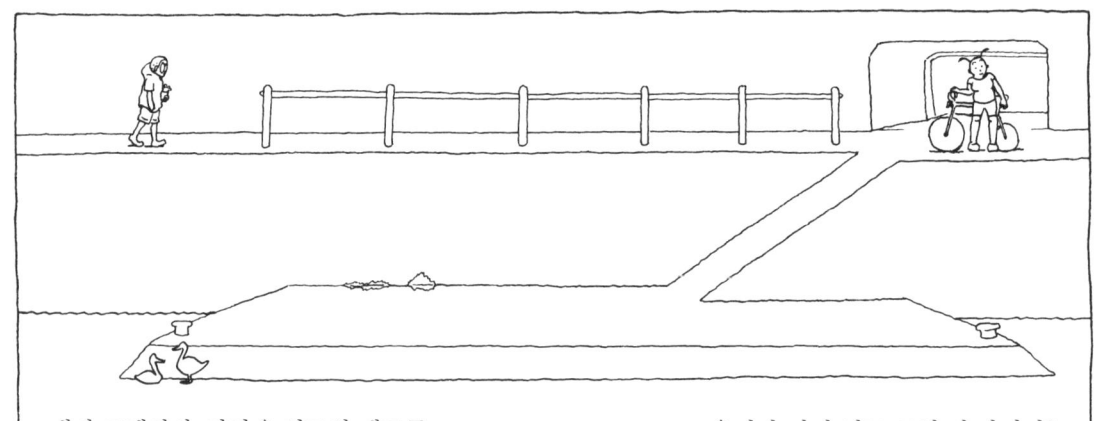

네가 그랬잖아, 만남은 서로의 궤도를
조금씩 이탈할 때 이루어진다고.

우리가 만난 날도 그런 거 아니니?
난 그날따라 처음 강 건너에 와봤고…

넌 이사 와서
처음 나온
날이었고.

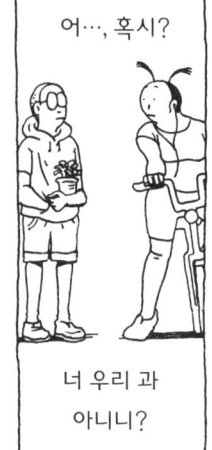

어…, 혹시?

너 우리 과
아니니?

1학년, 첫 수업 때 널 봤거든.
네 스타일이 희한해서
기억에 남잖니.

넌 한 달인가 다니다 말고
안 나왔지만 말야.

슬픈 노래 좋아해?

우린 말없이 노래를 들었어.
넌 그 노래를 안다고 했고
난 학교 안 나올 거냐고 물었지.

학고?

그래~. 너 정말 공부
관두기로 한 거야?

나한테 적어준 시도
잊어버린 거지? 그치?

니가 그랬잖아.
그 시처럼, 공부하는 맘으로
살고 싶다며. 바보…
기억 하나도 안 나지?
야, 무이.
너 이런 얘기 해주는 친구,
나 말고 또 있을 거 같아?
흥!
챙겨주는 거
고마운 줄도 모르지?

휴….

알아, 앙리, 알아.
다 가버린 거
나도 안다고.

텔레비전 코드 빼다가
딴 걸 잘못 꽂았다고?
그래도 하필 전화기를….
동물들이 제일 싫어하는 거
너도 알잖아.

아냐, 됐어.
너한테 무슨 잘못이
있겠니.

내 책임이지.

제8장
삼보를 따르다

이제 그만 일어나, 무이.
안 되겠어. 도무지 일이 손에 안 잡혀.
언제까지 그러고 있을 건데?
몰라, 그냥 이대로 멍하니 있을래.
너 새벽의 그 작은 일 때문에 여태 그러는 거야?
작은 일? 작은 일이었나…?

저, 책 좀 찾아주세요.

야, 손님 앞에서
망신 주려고 작정했냐?

직원 총각이
정말 친절하네요.

25%

30%

말해봐, 엉?
피하지 말고.
너 한 번만 더
재수 없게 굴면….

??

여어, 무이.
거기서 뭐 하나?

찾아보지도 않고
만날 없다 그러면서.

밥 먹었냐?
잠깐 좀 나와봐.

어? 삼보! 니가 여기 웬일이야.

서점만 오면 현기증이 난다며?

111

무이, 모기 다니는 정비소가
이 근처 아니었냐?

프랙탈 이론의 핵심, '초기 조건의 민감성'. 북경의 나비와 뉴욕의 허리케인…. 과장을 보태자면 말이다.

여기서
어느 쪽?

아니, 과장이 아닐지도 모른다.

여기서 왼쪽.

안 그래도 차에서
잡음이 나는 바람에
짜증 났는데, 이 참에 연구실
카드로 긁어버려야지.

과장은 커녕, 지금 이 순간 내가 겪고 있는지도.
당장 마음 속에 일고 있는 미세한 조짐,
아주 작지만 분명히 느껴지는 출렁거림,
파도, 소용돌이, 균열….
결코 예사로운 기운은 아니야.
무슨 징조라도 되는 걸까?

모르겠어.
어디서 오는 건지.
나의 이 심란함이
어디서 연유하는 건지.
이유가 있긴 있는 건지….
단지, 오늘 새벽에 그
전화 한 통화 때문에?
시상식 결과를 놓쳐서?
그럴리가….

이 사람을 보라!
Ecce Homo!

늘 보면
뭔가를 하고 있다.

한시도
가만히 있질 않아.

삼보처럼 살면
시간이 정말 빨리 갈 거다.

여보세요?
난데, 교수님
출근 안 했지?

시간 진짜 안 가네.
뭐 좀 먹자.

전에 없던 이 충동은 뭘까?
내 안에 갇혀 있던 무언가가 나가고 싶어한다.
출산의 징조처럼, 몇 분 간격으로 무언가…
그래 '말'…! 이유 없이 말이 하고 싶어!
입이 근질근질해.

넌 안 먹냐?

난 아이스크림
안 좋아해.

저기 앉자.

그런데 무슨 말을? 모르겠어, 그냥 아무 얘기나. 누구에게? 삼보에게?

담쟁이 덩굴이
벤치 위로 올라왔네?
삼보 이거 봐봐.

이게 뭐?

덩굴손 봤어?
잘 보면 개구리
발바닥 닮았어.

멋지지 않아?

별로?
크림마라면
좋아했을 텐데.

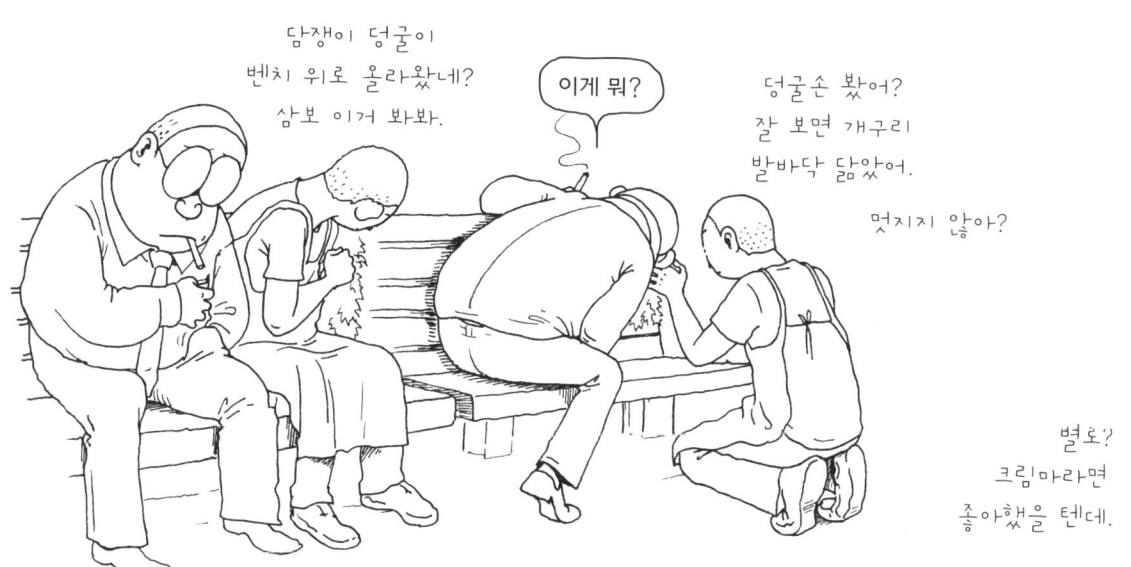

삼보, 너의 관심사는 뭐지?
너와는 대화를 해본 기억이 없으니….

어쩌면 지금이 대화의 기회인지도 모른다.
알 수 없는 대화 욕구가 치미는 지금이 아니라면 또 언제….
마침 우리 앞에는 놀이터와 우주선이…. 그래, 우주선이!
마치 MC를 증명이라도 하듯, 버젓이 서 있는 게 아닌가.
바로 저거야. 우주선 이론 얘기를 하는 거야.

삼보, 우리
저 우주선 쪽으로 가볼래?
보여줄 게 있는데….

어디?
카아아아악,
퉤!

이론 하나.

우주선이 이륙하고 나면
이륙을 위해 사용된 로켓들은 떨어져나가 바다에 버려진다.
이것은 책의 여정을 닮았다.
한 권의 책을 이루는 수많은 문장들 중에
결국 한 줄의 메시지만이 독자의 내면에 도달하고,
나머지는 망각의 바다 속으로 사라진다.
어느 문장이 최종적으로 독자의 가슴에 안착할까?
그 문장을 미리 알 수 있다면,
우리는 책을 쓰지 않고 그 문장을 쓸 것이다.
오히려 모르기에 쓸 수 있는 것이다.

이론 둘.
책의 여정은 어디서 끝날까.
미완의 책 한 권이 이 사람 저 사람을 거쳐
마침내 누군가의 손에 쥐어진다.
진가를 알아보는 두 눈 앞에 책이 펼쳐지는 순간
비로소 책은 완성되고 저자는 사라진다.

'미지의 한 사람을 향한 책 쓰기'.
우주선 이론이다.

무이,
나 5분만
있다 깨워.

혼잣말은 이제 그만···. 밖으로 얘기해봐.

모기야, 릴레이는 어디 붙어 있어?

여기저기 있지.
퓨즈 박스에도 있고
주로 운전석 밑에 많고
위치는 차마다 달라.

뭘 사가지고
오라고?
벌레 같은 놈들,
어떻게 마트 가는 건
알아가지고는….

작은 스위치로
큰 흐름을 제어한다…. 히히,
다 왔구만.

저 멍청이들….
주차하려고 짝 줄 선 거 봐라.

여기가 공항인가?

차 타고 이렇게 멀리 오는 것도 처음이다.

어, 안녕?

거기서 뭐 하니? 다들 어디 간 거야?
너만 놔두고 누구 마중 나갔나 보구나.

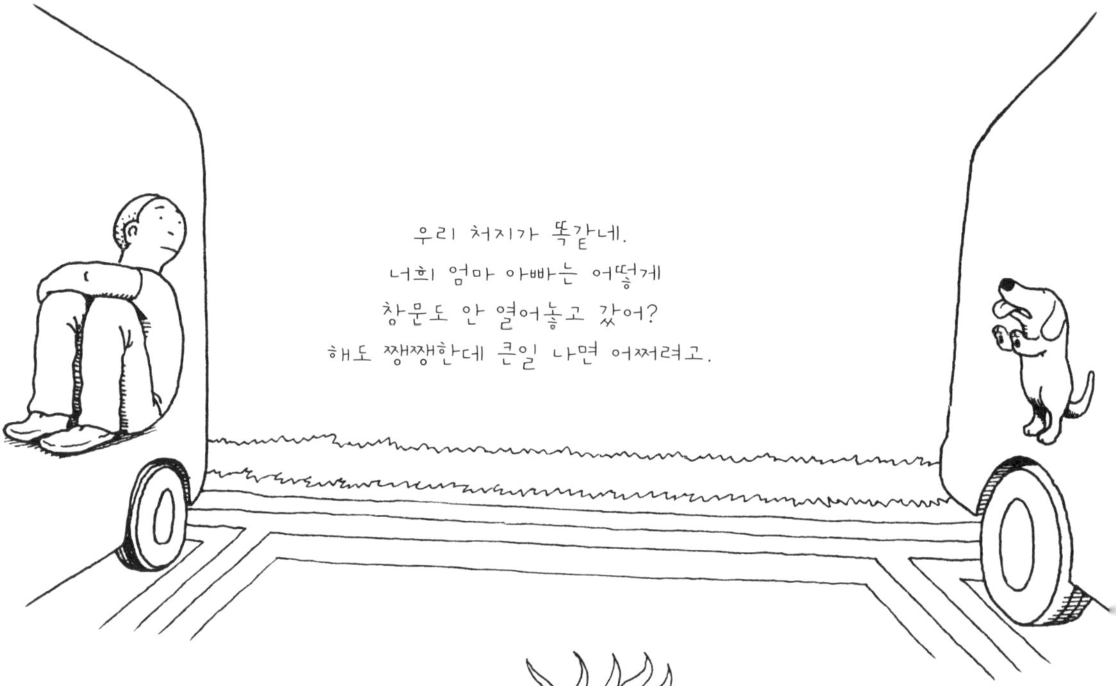

우리 처지가 똑같네.
너희 엄마 아빠는 어떻게
창문도 안 열어놓고 갔어?
해도 쨍쨍한데 큰일 나면 어쩌려고.

9월 말인데 아직도 이렇게 덥다니
가을이 아예 사라지려나 봐.

이러다 또
갑자기 추워지겠지.

어쩐다….
저러다 차가 너무 뜨거워지기라도 하면….

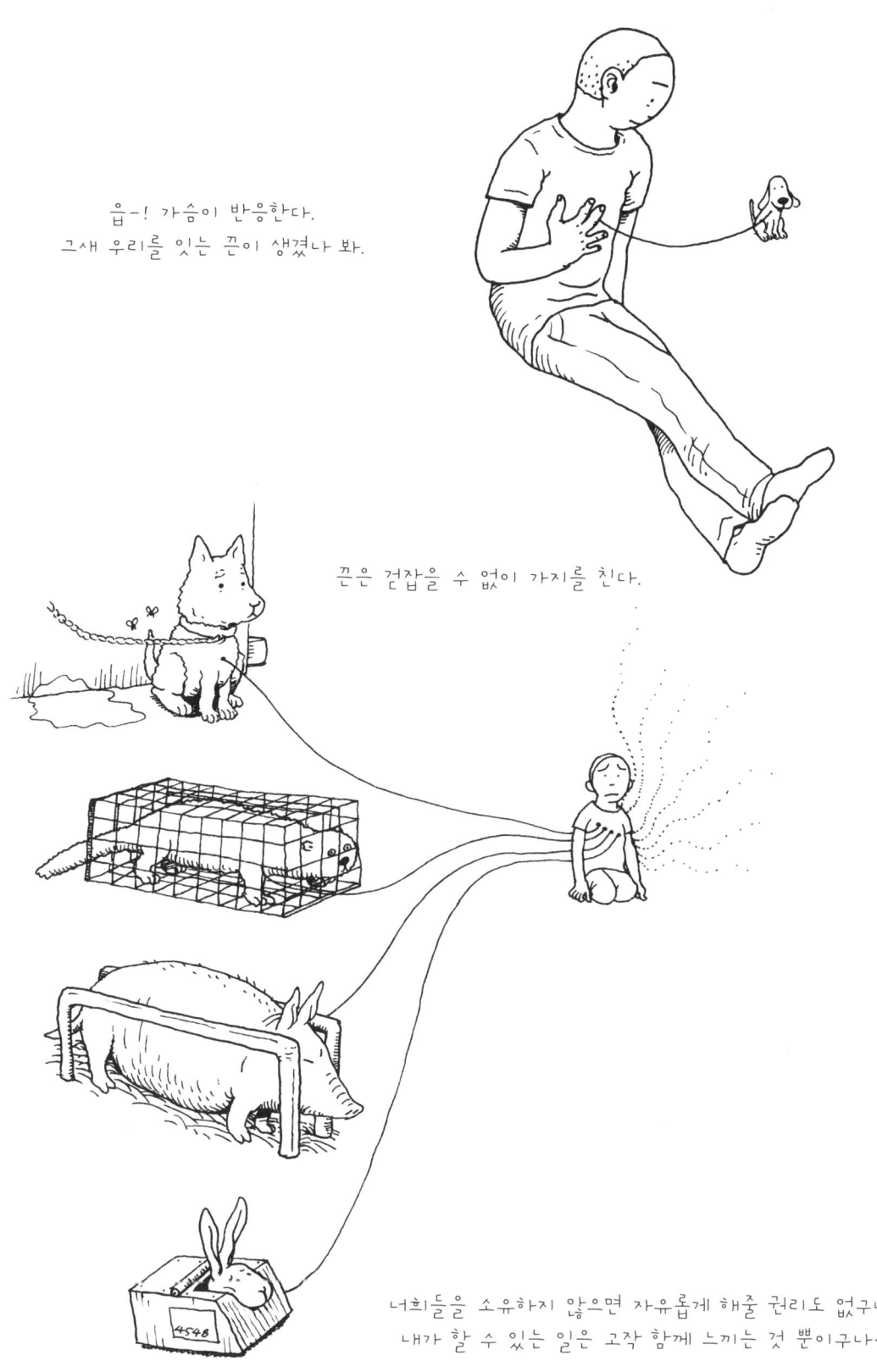

읍-! 가슴이 반응한다.
그새 우리를 잇는 끈이 생겼나 봐.

끈은 걷잡을 수 없이 가지를 친다.

너희들을 소유하지 않으면 자유롭게 해줄 권리도 없구나.
내가 할 수 있는 일은 고작 함께 느끼는 것 뿐이구나…

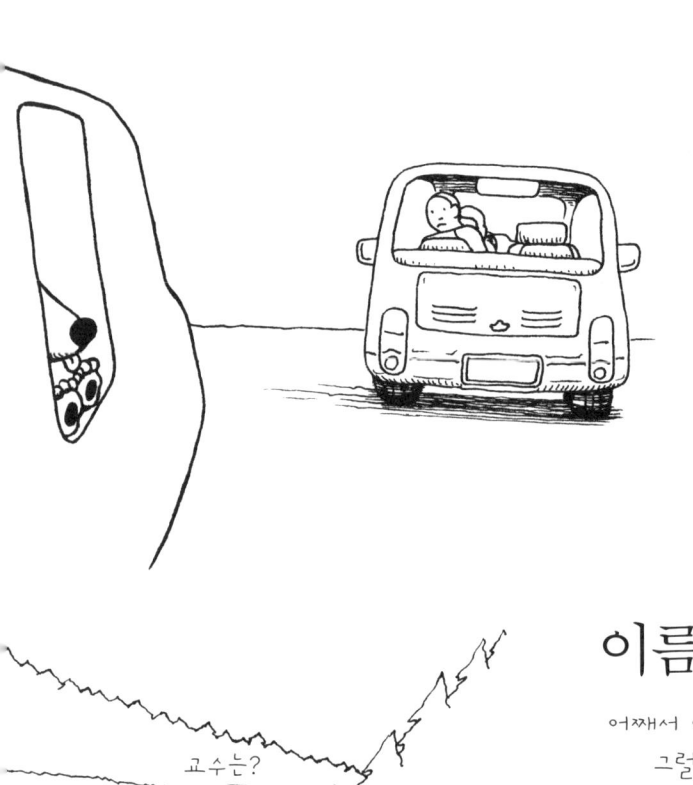

강아지야,
언젠가는 이렇게 떠나는 대신
너의 고통을 대신할 수 있기를.

제9장

이름 없는 감각

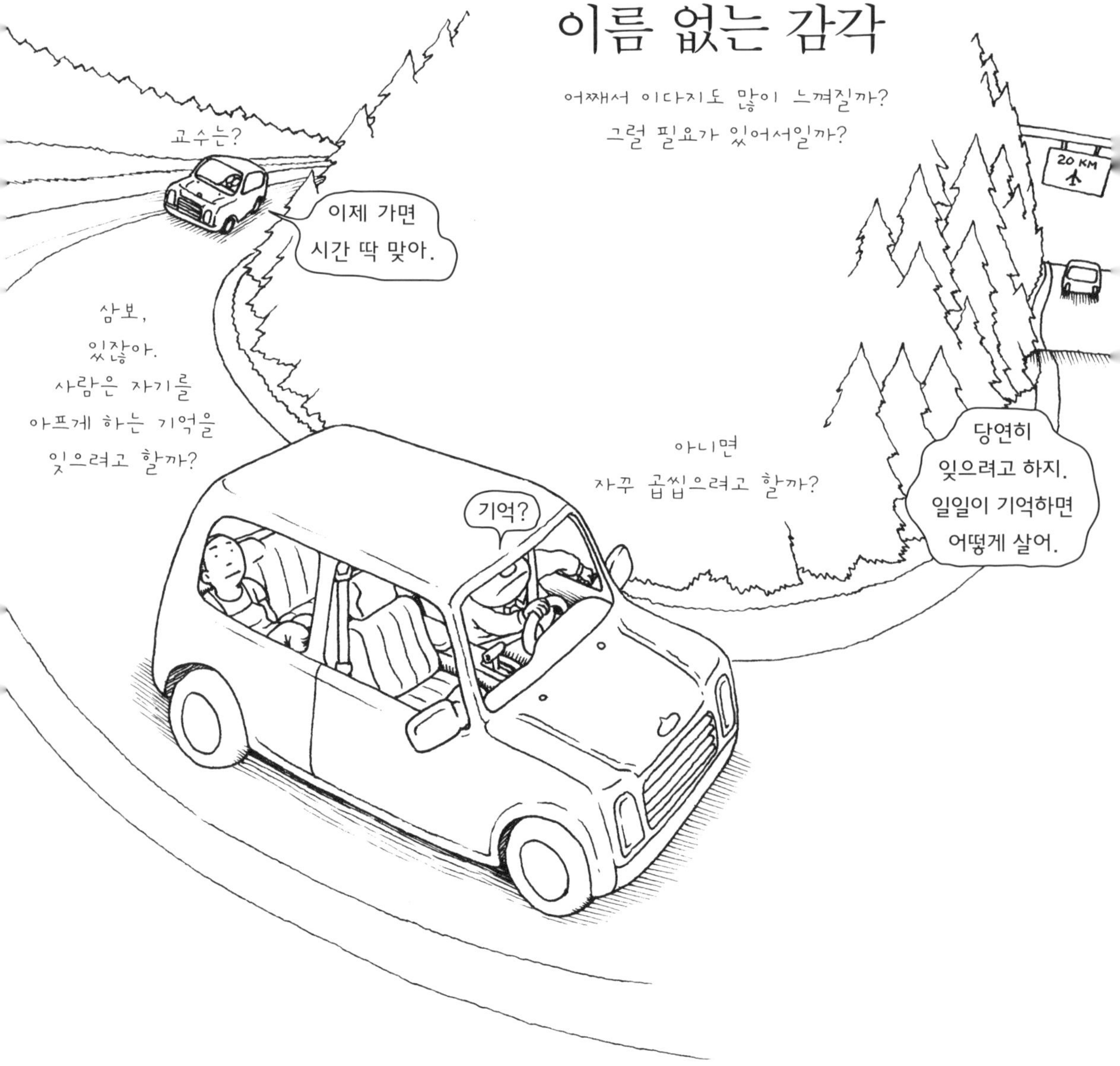

어째서 이다지도 많이 느껴질까?
그럴 필요가 있어서일까?

고수는?

이제 가면
시간 딱 맞아.

삼보,
있잖아.
사람은 자기를
아프게 하는 기억을
잊으려고 할까?

아니면
자꾸 곱씹으려고 할까?

기억?

당연히
잊으려고 하지.
일일이 기억하면
어떻게 살아.

20 KM

기억이 없어지는 건 좋은 거지.
왜, 그런 말도 있잖아….

"결국 두뇌가 하는 일이란,
가장 영리하게 잊는 것이다."

참.
우리 주차 위치
기억하지?

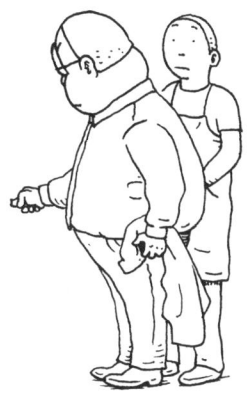

그렇다면 우리가 잊는 것들은
영리한 두뇌가 보기엔
쓸모없는 것들?

찾아봐.
3시 5분.

찾아보라고, 뭘?
아, 전광판.
여기가 공항이구나.

어쩐지 낯설지가 않아, 이 광경.
분명히 처음인데도 와본 기억이 나.

시간 딱 맞췄네.
역시.

아주 익숙한 뭔가가 감지된다….

쿵쿵.

따라가보자.

뭘까?
냄새인지 소리인지 핀지 땀인지….
내 몸 어느 부분에선가 느껴지는,
냄새와 소리가 범벅이 된 감정 덩어리.
왜 이 공간에 유난히 몰려 있지?
누가 맡겨놓고 안 찾아갔나?
아냐, 버려진 모양이야.
썩고 있는 거야.
누가?
왜?

여기서 나나?

여기?

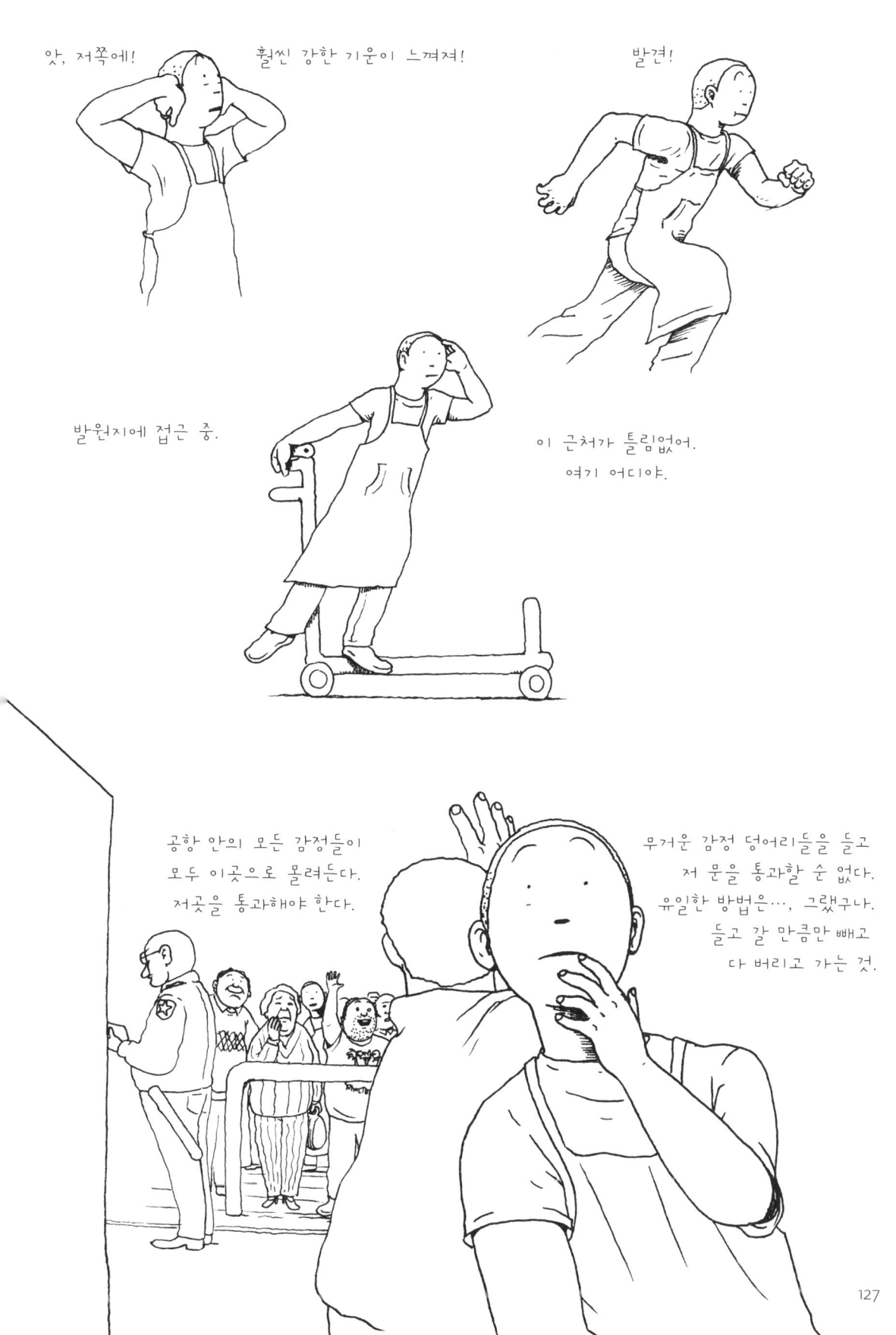

앗, 저쪽에!   훨씬 강한 기운이 느껴져!

발견!

발원지에 접근 중.

이 근처가 틀림없어.
여기 어디야.

공항 안의 모든 감정들이
모두 이곳으로 몰려든다.
저곳을 통과해야 한다.

무거운 감정 덩어리들을 들고
저 문을 통과할 순 없다.
유일한 방법은..., 그랬구나.
들고 갈 만큼만 빼고
다 버리고 가는 것.

U-eye

내가 느끼는 이 감각의 이름은 뭘까.
모르는 감각이야. 새로운 이름이 필요해.
그 강아지부터 이 공간에 울리는 에너지까지...
연결된 무엇이 있어. 무언가가 통해.
'연결감'이라고 부르면 어떨까?

떠남... 도착... 교차....
내 생각이 맞다면,
대체 얼마나 오랫동안
이 감정 덩어리들이
버려지고 쌓여온 거야?
"지각할 수 없으면
존재하지 않는다."고 했어.
그 역도 참일까?
"지각할 수 있으면
존재한다."
...존재한다?

그래, 느낌이 이토록 분명하니 존재하는 게 맞아.

그전엔 이름이 없었을 뿐.

그런데 '연결감'을 느끼는 신체 부위는 어디지?

딱 한 군데는 아닐 테고, 지극히 예민하면서도 쉽게 퇴화되는 곳일 거야….

그래, 며칠 후면 차 안의 강아지도 잊어버리겠지.

기억하더라도 더 이상 아프지 않겠지….

아, 한꺼번에 너무 많이 느끼니까 시려.

그런데 멈출 수가 없어.

작은 스위치가 커다란 물꼬를 튼 거야.

혼잡 속에서도 가족을 알아보는 것처럼
연결감도 특정 자극에만 반응하는 모양이야.
도구는 감각을 확장시킨다잖아?
안경은 시각의 확장,
책은 기억의 확장….
그렇다면,
'새로운 도구 ⇒ 감각의 확장'
연결감을 확장 시키는 도구는?
인터넷?

금방 올게.

아닐 거야.

어차피 인간은 외면의 천재거든.
감각과 기억의 천재가 될 순 없나?
세상의 낑낑대는 소리들이
다 들려오는 슈퍼맨,
하루에 밍크 한 마리라도
풀어주지 못하면
입 안에 가시가 돋히는….

연결감을 나만 느낄 리는 없어.
살해 위협을 무릅쓰고
아마존을 지키는 삼림 감시원도
나무의 비명과 아픔이 그대로
전해지니까 그렇게 용기 있게
행동할 수 있는 거야.

그래.
나도 내가 느끼는 대로
행동하고 싶어!

하지만 어떻게? 무엇을?
어쩌면 학교에서 배우지 않을까?
내가 느끼는 것을
행동으로 옮기는 방법을!

Excuse me…
그 이름
나 같은데요…

친구가
화장실에 갔나 봐요.

?

이분이 그분이구나.

특산 소시지
드실래요?

몇 개
달라고?

나를 궁금해하다니!
바다 건너 온 페르시아인 학자가
나의 이론에 관심을…!
근데, 어떻게 설명한다….
노트를 가져 올걸…. 에이, 뭐야.
이제 좀 얘기하려니까 도착이네.

감사의 표시로
내가 차 한잔 사면
어때요?

차만?

됐다!

이유 없이 말이 하고 싶던 차에,
관심을 보이는 외국인과의 우연한 조우!
누가 내 MC를 짜주는지 모르지만.
기막히 커리큘럼이야!
언젠가는 누군지 알게 되겠지.

무하마드 라타 교수,
심리철학 전공.

아, No thanks!
다 비운 다음에
더 마실게요.

"비지 않은 잔에
술을 권하지 말라."

그냥 떠올라서 한 말인데
고수는 적잖게 놀란 것 같다.
어디서 그 구절을 읽었냐고 묻는다.
글쎄, 기억이 잘 안난다.

하하하! 그 말은
내가 좋아하는 구절인데
여기서 듣게 될 줄이야….

잔을 물끄러미 바라보고 있으면
누구나 철학자가 되죠.

어렸을 때, 난 항상 의문이었죠.
왜, 어떤 사람은 이만큼 따르고
어떤 사람은 저만큼 따를까?
어른들에게 물어봐도
핀잔만 줬답니다.

나이가 들고 난
지금, 오히려
내 질문이 무의미
하지 않다는 걸
깨닫고 있죠.

차도 밀리고 몸도 노곤하다.
지금쯤 서점 사람들은 날 욕하고 있겠지.
하지만 마음이 통하는 친구를 발견했고,
그가 같은 도시에 있다는 존재감 하나로
피곤한 심신이 위로 받고도 남는다.

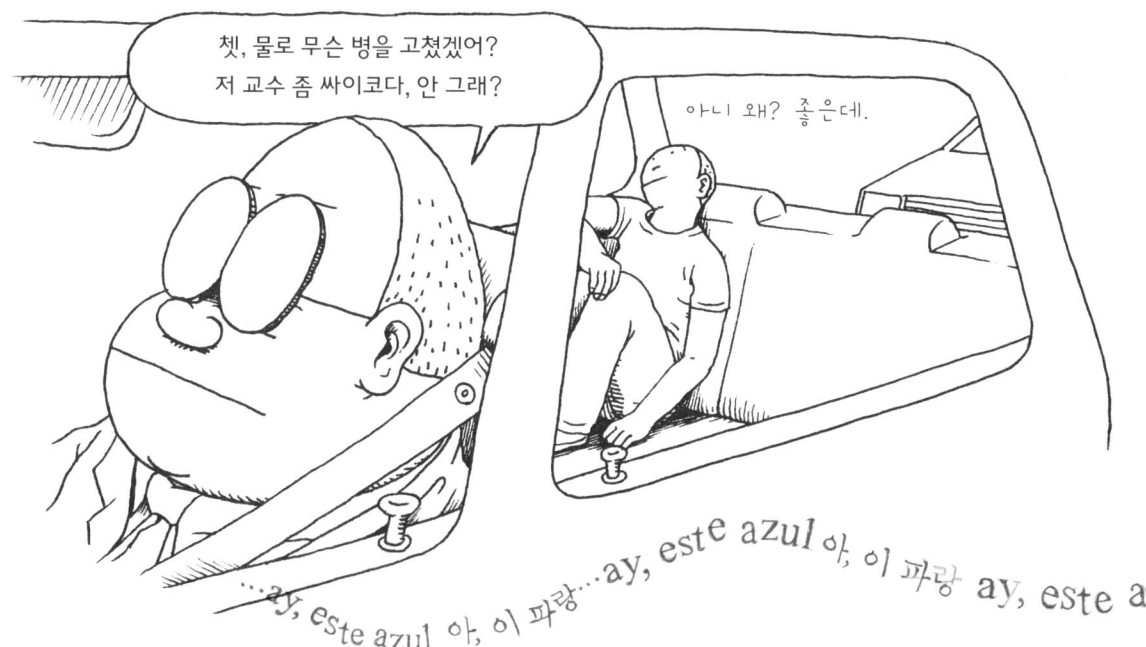

쳇, 물로 무슨 병을 고쳤겠어?
저 교수 좀 싸이코다, 안 그래?

아니 왜? 좋은데.

…ay, este azul 아, 이 파랑…ay, este azul 아, 이 파랑 ay, este a

그때 마침 라디오에서…!

MC?!

이 노래
흔히 들리는 노래가 아닌데,
자꾸만 내 앞에 나타나.
날 어디론가 데려가고 싶은 거니, 노래야?
너를 들으면 떠오르는 사람에게로?
그를 처음 만난 기억의 터미널로….

제10장
아즈하로 가는 불리한 노선

혜성을 알기 전,
도서관에 가는 길은 기나긴 여행이었다.

언제부터 시작한 여행인지
어떻게 시작된 건지
내게는 기억이 없다. 다만,
'지금 여기 꿈 속이구나.'
의식한 순간이면 어김없이
열차에 내가 앉아 있었다.

그 열차에서는 시간이 희한하다.
진행하는 건 분명한데
아무 데도 도달하지 않는다.
영화의 한 장면을 무한의 프레임으로 쪼개면
한 프레임에서 다음으로 넘어갈 수 없는 역설…

이 역설을 깨는 건 문제가 아니다. 문제는 나다.
끝없이 반복되는 창밖의 풍경에 중독되다 보면
열차를 탔으면 언젠가는 내려야 한다는
그 평범한 진리를 어느새 까먹는 것이다.

저마다 속도가 다른 칸에
탑승한 세 가지 경우의 나.
매혹하는 시간의 펼쳐진 그림.

마주 앉은 과거가 순식간에
표정을 헤아릴 수 없을 만큼 멀어진다
하나의 나를 확신할 수 없는 이 기쁨

알 것 같다, 어느 속도에서 시가 태어나는지
영원히 반복될 기차와 밟아보지 못한 땅에의 향수
슬슬 내릴 때가 온 것인가

원형터미널을 오가는 열차들은 무한 궤도를 반복해서 돈다.
자기가 알아서 내리지 않으면, 아무도 내려주지 않는다.

터미널에 내리면 커다란 전광판이 하나 있는
그곳에서 아즈하 행 열차를 찾아야 한다.
되도록이면 빨리.

서두르는 이유?

열차를 한 번 놓쳤다간 절망적으로 기다려야 하기 때문이다.
늘 텅텅 비는 아즈하행 열차를 보면, 배차 간격을 탓할 수도 없다.
어쨌든 기차를 갈아탔다면 다행.
조급해진 마음 시계를 잘 달래가며,
목도리로 바람을 가르며, 참을성 있게 달린다.
북쪽 하늘에 회색 구름들이 드문드문 보일 때까지.
하차. 시계탑, 정류장 삼거리, 좌회전, 약국…. 골목을 돌면
도착을 알리는 수평선과 소금 바람….
마침내 도착이다.
기억이 부화하는 바다 아즈하,
그 유서 깊은 바닷가의 도서관에.

이 길이 혜성을 알기 전까지
도서관으로 가는 유일한 노선이었다.

처음 혜성을 만나게 된 것은
찾는 기차가 전광판에 뜨지 않아서
안내소에 물어보러 간 날이었다.

안 계세요?

아즈하…, 아즈하….
타임테이블에도 없네.
이상하다, 파업했나?

아즈하 가는 열차?
따끈-한 수프 한 접시면,
내가 가르쳐주지!

이 앞은 여러 번 지나쳤지만 들어오는 것은 처음이다.

좀 잡아봐.

아마 그때였을 것이다. 한 노래가 가만히 들려왔다.
나중에 이 노래가 기억의 방아쇠가 될 줄, 그때는 몰랐다.
그런 건 항상 모르는 것이다.

ay este azul…ay, este azul…ay, este azul…ay este azul…ay, e

이 노래…

제11장

한 터미널 시민의 생애

옛날 속담에 이런 말이 있지.
"터미널에는 두 종류의 사람들이 있다…."

두 종류의 사람이
있다는 사람과
없다는 사람.

있다는 사람은,
다시 두 부류로 나뉘지.

패신저Passenger,
그리고
메신저Messenger.

패신저들은 전광판에서
목이 빠져라 목적지를 찾는 이들.

그들의 목적은 하나. 가족들과
별탈 없이 안전하게 목적지에
도착하는 것. 기관사에 의지해서.

기관사를 직접 본 사람은 없지만,
그들에겐 가히 절대적인 존재지.

반면에, 메신저들이 기다리는
기차는 여간해서 안 와. 전광판에도 없고.
마냥 기다리거나, 탔다가 내리거나…
결국은 정착을 못하고 떠돌아 다니지.

나는 뭐였을까?

몰라. 그저 터미널 근처에서
풀피리를 불던 떠돌이 고아?

솜씨가 나쁘진 않았어.

제법 사람들을 끌었지.
하루 벌이는 했으니까.

그것도 얼마 못 갔지.

어느 날부턴가 사람들이
하나 둘 사라지더군.

어린 나이에 뭘 알았겠어,
'대이주'라는 게 뭔지?

나도 엉겁결에
휩쓸린 어느 날,

정신 차려보니까
터미널이더라고.

그날 1차 대이주가 있었어.
말 그대로 아수라장이었지.

여차여차하다가 이 바에서 일을 구해보기로 했어.
주인이 내 풀피리 소리를 듣더니 하는 말, "넌 밴드 연주 끝나면 돈이나 걷어라. 쬐그만 게 만만하니 딱이야."

그 인간이 유명한 '쌀 두 포대'야.
꼭 앞뒤로 포대를 지고
다니는 것 같았거든.

밴드 식구들은 다 좋았어.
까홍에 뿌충가.

오르간에
푸가초프,

비올라 다 감바에
밤방,

양금에 칭 핑.
다들 나이는 훨씬 많았지만,

쥐새끼 같은 놈,
너 또 꿍쳤지?

친구처럼 잘 대해줬지.
못된 주인… 아니
'쌀 두 포대'만 빼고.

이제 너도 못 보겠구나…. 오이스터 살 돈도 없지? 쯧….

가시는 거예요?

몇 년이 흘렀을까…. 꼭 정이 들고 적응할 만하면 변화가 찾아오는 법이지.

딱한 친구 같으니라고.

그땐 나도 대이주에 대해 알 만한 나이였지만, 돈이 없어 열차 티켓인 오이스터를 살 꿈도 못 꿨지.

일이 터진 날도 여느 날과 다를 게 없었어.

쌀 두 포대는 항상 매상 정리를 마치면 당원들이랑 포커를 치곤 했어. 그 바가 꼭대기자르기당 아지트였거든.

그날따라 중요한 간부들이 온다고, 우리 밴드보고 남아 있으라 그러더라고.

연주를 시키려나 하고 있는데, 우릴 사무실로 부르더라?

이름만 들어도 알 만한 간부 두 명이 우릴 천천히 뜯어보더니

우리에게 손수 정식 당원 배지를 달아주는 거야! 그러고는 연설을 했지.

바로 동지들이 다가올 혁명의 주체입니다!

그가 우리에게 약속했어. OL로 데려가겠다고!

어때, 모자 어울려?

이번 일만 잘 되면 우린 OL로 가는 거야. 상상이 돼? 하루 아침에 당원 배지를 달고 이주까지 하다니! 거하게 자축 파티를 했지.

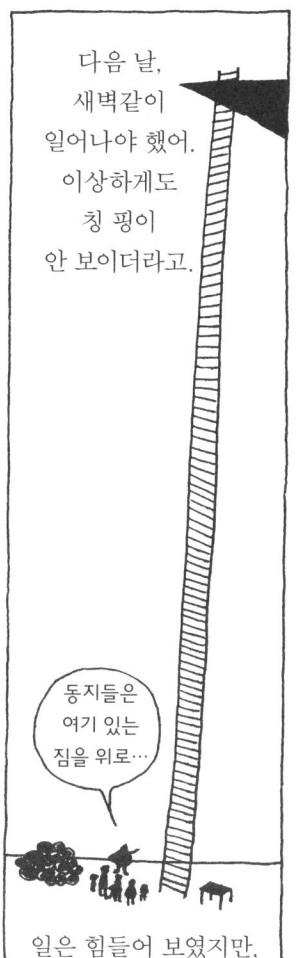

다음 날,
새벽같이
일어나야 했어.
이상하게도
칭 펑이
안 보이더라고.

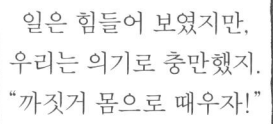

동지들은
여기 있는
짐을 위로…

일은 힘들어 보였지만,
우리는 의기로 충만했지.
"까짓거 몸으로 때우자!"

힘 좋은 아저씨들은
짐을 날랐고

이제 30개
올라갔어요.

나는 수량 확인을
맡게 됐어.

영차

영차

다들 힘을 합쳤지.
딱 하루만 죽어라
고생하면 땡이잖아!

죽는 줄 알았네.
허리 빠지겠다.

왜 안 불러?

일은 예상보다 오히려
일찍 끝났어. 우리가 생각해도
놀라운 팀워크였지.

난 항상 의심 받고 살아왔기 때문에
이번만큼은 몇 번이고 반복해서,

다 올라갔잖아?
왜 얘기가 없어?

확인하고 또 확인했지.

다 올라가면
부를 거라고
했어요.

!!

기다리는 시간이 길어지자
다들 초조해졌어.

대체 왜 이리 조용해?

155

성격 급한 푸가초프와 뿌충가는
내 만류에도 사다리를 오르기 시작했어.

바로 그 다음에 내 눈으로
목격한 그 광경을… 나는

두고두고

평생

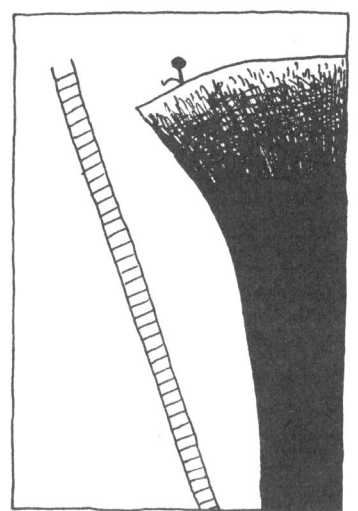

잊지 못해.

푸가초프는 그 자리에서 즉사했고

밤방은 큰 화만 겨우 모면했지.

뿌충가? 그의 마지막 모습은··· 두 번 다시 떠올리고 싶지도 않아.

충격 받을 틈도 없었어. 정신없이 도망쳤지. 위에서 살기가 느껴졌어.

나는 결국 다시 옛날로 돌아왔어.
떠돌이 부랑자 신세.

배신자들
같으니!

가끔 신문을 통해서
우릴 속인 녀석들 소식을 접했지.

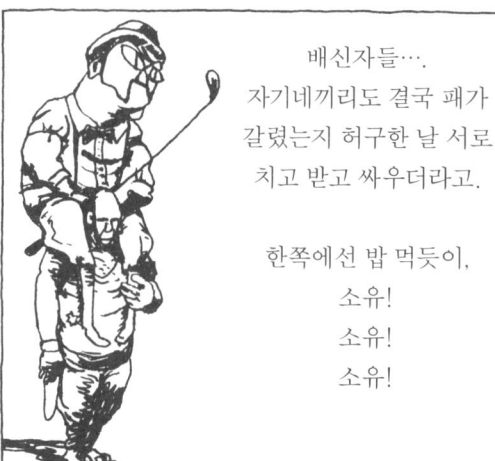

배신자들….
자기네끼리도 결국 패가
갈렸는지 허구한 날 서로
치고 받고 싸우더라고.

한쪽에선 밥 먹듯이,
소유!
소유!
소유!

다른 한쪽에서는,
공유! 공유! 공유!

그런데 가만히 보니까
둘이 묘하게 닮은 거야.
두 쪽 다 직접
발을 땅에 대고
걷진 않더라고.

다른 신문을 보니까 소유 쪽은 아래 쪽에 부목이라도
대줬는데, 공유 쪽은… 끝도 없이
지쳐가는 형국이었어. 그것도 밑에서부터.

그러던 어느 날.

길거리를 배회하다
낯익은 얼굴이
스쳐 지나갔지.

얼른 쫓아가 봤더니, 아니나 다를까,
그 아저씨인 거야!
우리 바 단골 손님!

벌써 옛날에 OL로 가신 줄 알았는데
여기서 이렇게 다시 만나다니,
그 감격이란…!

아저씨도 굉장히 반가워하시며
날 집까지 데리고 가셨어.

혼자 계셨어. 생전 그렇게
책이 많은 곳은 처음 봤지.

갈 데 없으면
날 좀 돕는 게 어때?

마침 아저씨에겐 장서를
정리해 줄 사람이 필요했어.

여기부터요?

나야 영광이었지!
먹여주고 재워주니…

기록도 이젠 꼼꼼히
잘 할 자신 있었지.

사실 아저씬 지병이 발견돼서 이주를 포기하셨던
거였어. 밤에는 꼭 이불을 덮어드려야 했지.

하루는
아저씨가 밤마다 보던 책에
우연히 눈이 갔는데

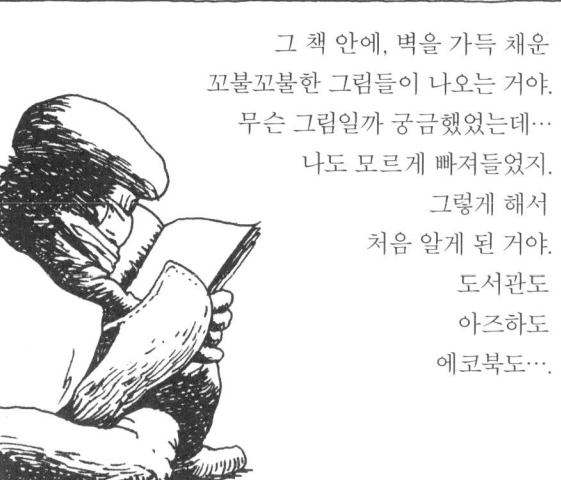

그 책 안에, 벽을 가득 채운
꼬불꼬불한 그림들이 나오는 거야.
무슨 그림일까 궁금했었는데…
나도 모르게 빠져들었지.
그렇게 해서
처음 알게 된 거야.
도서관도
아즈하도
에코북도….

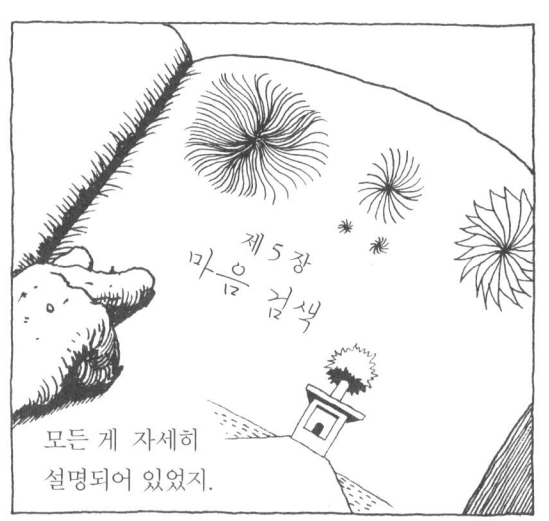

모든 게 자세히
설명되어 있었지.

난 무언가에 잘
빠지는 성격인가 봐.
매일 그 책 읽는
시간만 기다렸어.

재밌나 봐?

그러다가 결국 들켜버렸지!

언제부터
읽기 시작한 거지?

죄송해요,
다신 안 볼게요!

그렇게 잘 해주신 분인데,
뭘 훔치다 걸린 기분이었어.
그런데 화를 내시긴 커녕…

이 집에 있는
궤적도들은
일반인의 것이
아니야.

위대한 이들의 것만
모아놓았지.

아예 직접 설명을
해주시는 거야.

이 그림들은,
그들 정신의 궤적을
멀리서
곤충의 비행을 관찰하듯
기록해놓은 것들이지.

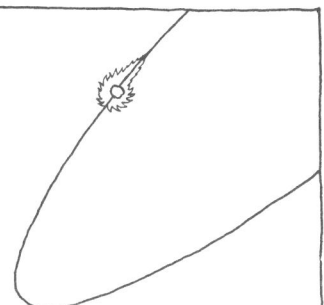

어떤 사람들은 이 궤적도를
부적처럼 여기며 신성시하지.
하지만 나는 사실
위대한 인물보다

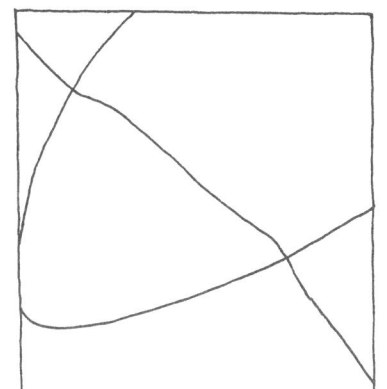

위대한 만남을 믿지.

그래.
내가 믿는 것은
위대한 만남이
이루어지는 그 순간이야.

그것은
유명한 만남과는
아무 관계가 없어.

그것은 진실한
두 목소리의 만남이지.
에코와 에코의 대화.

그 만남의 원리에 대해
쓴 책이 바로 이거야.
제목을 봐.
'무지개뱀 원리'!

무지개뱀?

> E·B
> 만나는 세계 3
> 무지개뱀 원리

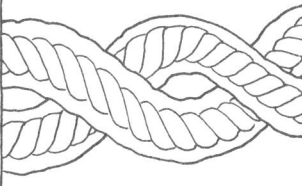

육체적 결합을 통해
유전자가 전해지듯

만남을 통해 전하는 것…,
그것을 무지개뱀이라고 해.
생물학적인 삶의 목적이
유전자에 있다면

또 다른 삶의 목적은
바로 무지개뱀을
전해 받고 전해주는 데에 있다….

삶의 목적?

어때?
자넨 인생의 목적을
생각할 만한 만남을
경험해본 적 있나?

저요?

아뇨…. 저 같은 게 무슨….
전 무지개뱀도 처음 들어봐요.

하하…, 안 만나서 다행인지도 모르지.
무지개뱀이 꼭 좋은 건 아니거든.

특히 자네처럼 젊은 나이에는
치명적일 수 있어.
목적을 다한 이를 기다리는 건
침을 쏘아버린 벌의 운명이니….

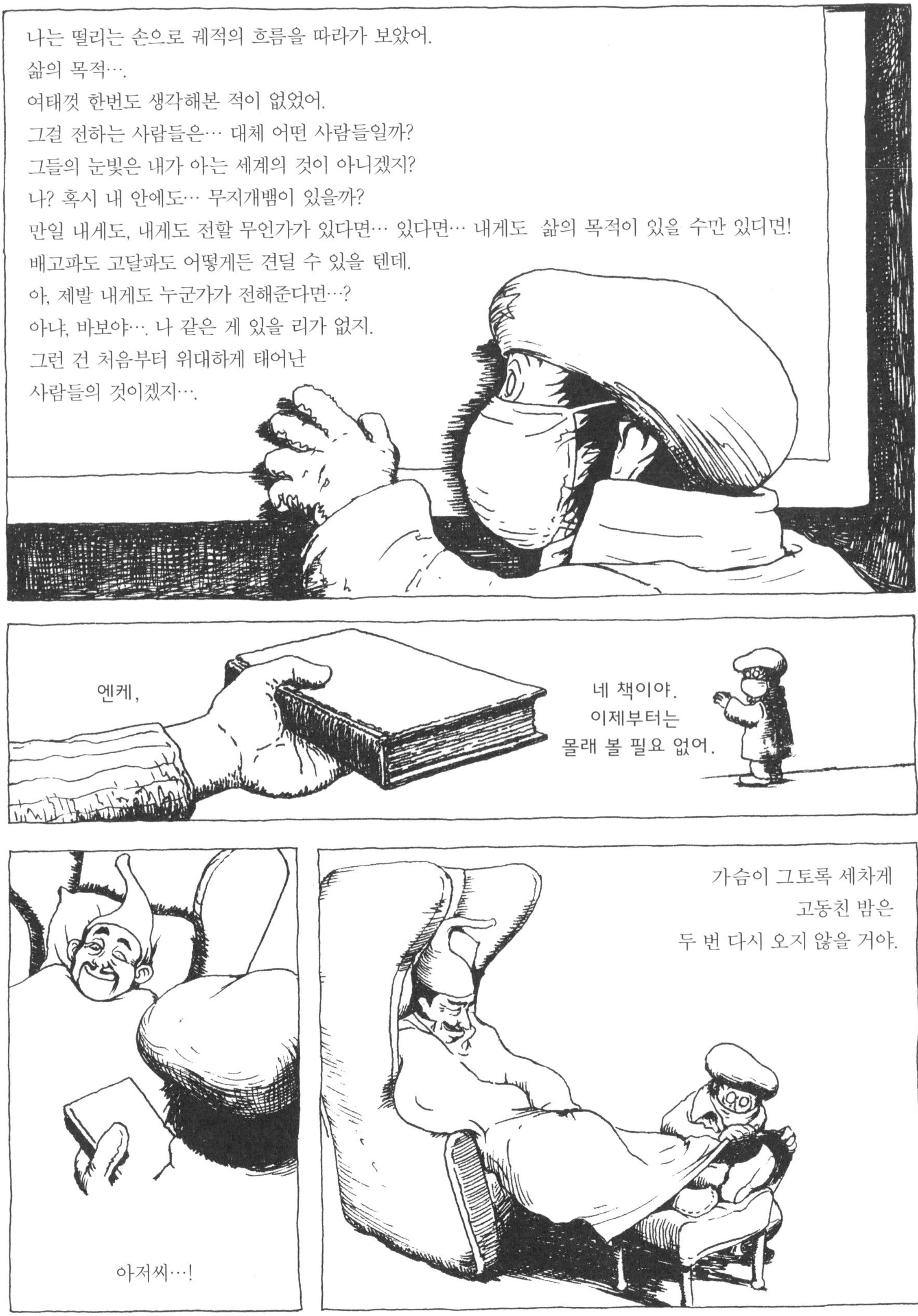

나는 떨리는 손으로 궤적의 흐름을 따라가 보았어.
삶의 목적…
여태껏 한번도 생각해본 적이 없었어.
그걸 전하는 사람들은… 대체 어떤 사람들일까?
그들의 눈빛은 내가 아는 세계의 것이 아니겠지?
나? 혹시 내 안에도… 무지개뱀이 있을까?
만일 내세도, 내게도 전할 무언가가 있다면… 있다면… 내게도 삶의 목적이 있을 수만 있다면!
배고파도 고달파도 어떻게든 견딜 수 있을 텐데.
아, 제발 내게도 누군가가 전해준다면…?
아냐, 바보야…. 나 같은 게 있을 리가 없지.
그런 건 처음부터 위대하게 태어난
사람들의 것이겠지….

엔케,

네 책이야.
이제부터는
몰래 볼 필요 없어.

아저씨…!

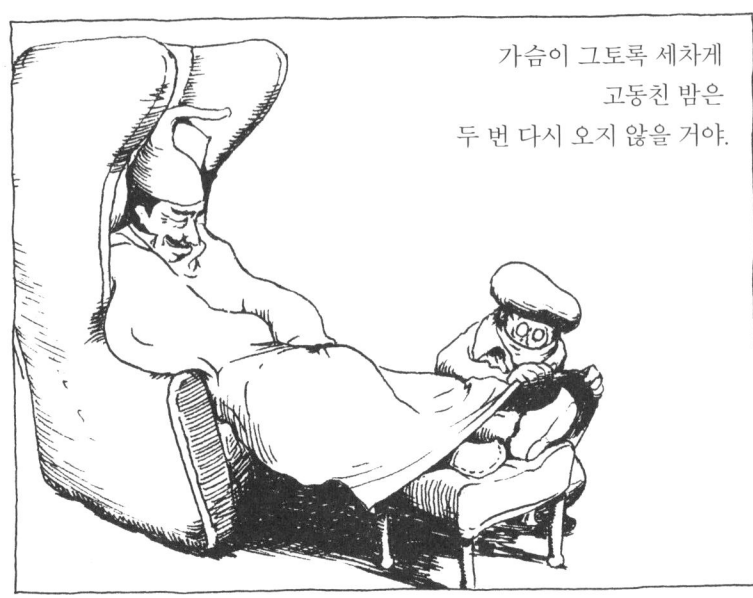

가슴이 그토록 세차게
고동친 밤은
두 번 다시 오지 않을 거야.

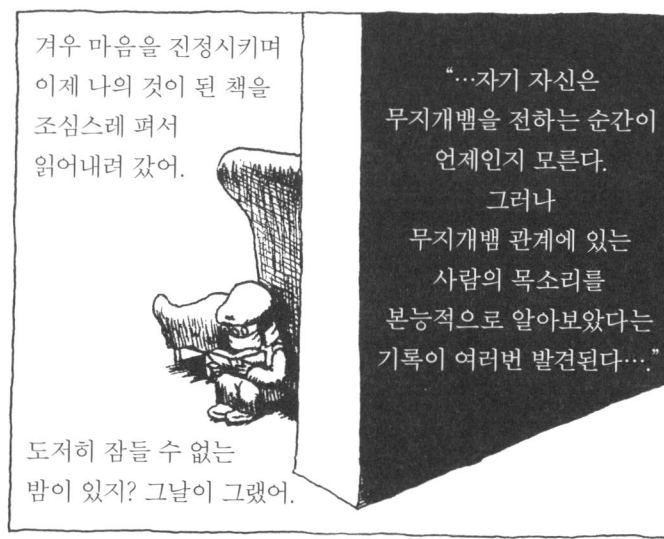

겨우 마음을 진정시키며
이제 나의 것이 된 책을
조심스레 펴서
읽어내려 갔어.

"…자기 자신은
무지개뱀을 전하는 순간이
언제인지 모른다.
그러나
무지개뱀 관계에 있는
사람의 목소리를
본능적으로 알아보았다는
기록이 여러번 발견된다…"

도저히 잠들 수 없는
밤이 있지? 그날이 그랬어.

얼마나 몰입했던지
동 틀 때까지 창문이 열려 있었던 것도
까맣게 몰랐던 거야.

아저씨…, 아저씨…,
일어나세요….

아저씨…?

네! 얼른요!
지금 당장요!

나 때문에…?

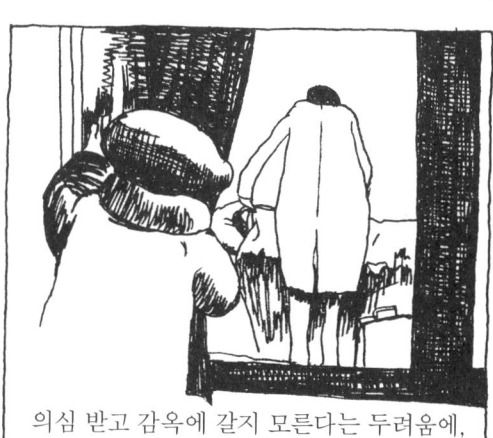

의심 받고 감옥에 갈지 모른다는 두려움에,
망할 놈의 두려움 때문에 나는 그 저주스런
창문 밖에서 몰래 임종을 지켜봐야 했지.

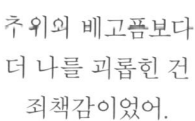

추위와 배고픔보다
더 나를 괴롭힌 건
죄책감이었어.

징신직으로 육체적으로
얼마나 피폐했던지,
나는

결국 배고픔을
못 견디고

내 유일한 재산이자,
아저씨의 하나뿐인 유품을…
한 끼 식사와 맞바꿔버렸거든.

닥치는 대로 폐품을 긁어 모았어.
책을 되찾으려고…

50%

매일 매일…

자, 5치치.
후하게 준 줄 알아.

너무해요.

마음은 급한데
돈을 모으는 일은
너무도 더뎠지.

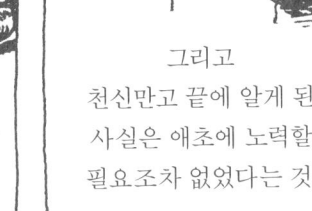

그 책? 팔린 지
오래야.

그리고
천신만고 끝에 알게 된
사실은 애초에 노력할
필요조차 없었다는 것.

자기를 지탱하던 마지막 힘이
서서히 빠져나가는 것을

제지할 힘조차 없이 바라만
보는 심정…. 너는 모르겠지.

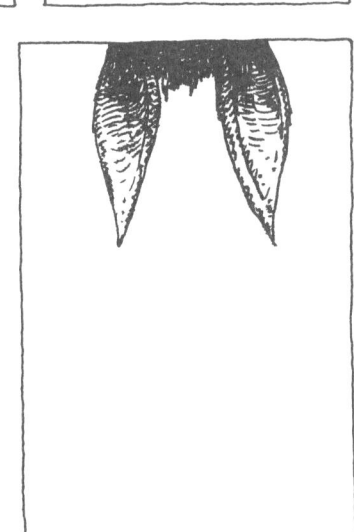

홀린 듯한 기분으로 따라갔어.
끝없이 걸은 끝에 도달한 곳은,

책에서 본 그곳.

이게 꿈인가.

생시인가.

실례합니다만… 여기가
혹시 에코도서관인가요?

듣고 싶은 목소리가 있는데
이름을 잘 모르겠어요.
제목이라고 해야 되나….

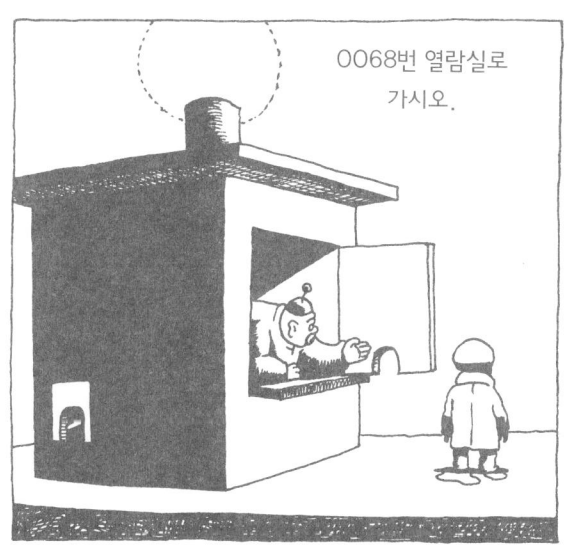

0068번 열람실로
가시오.

사람은 어째서 원하는 게 뭔지도 모르면서
원한다는 그 마음만 그렇게
강렬하게 느낄까?

165

듣고 싶은 목소리는 하나였는데
책은 여러 개가 대출돼 있었어.

에코 열람에 서투른 사람일수록
원하는 책이 뚜렷하지가 않아서
여러 권 대출된다는 구절이 떠올랐어.

난 책에서 읽은 대로 했지.
모든 게 책에 써 있던 그대로였어.

처음이었지만
별로 어려울 것은 없었어.

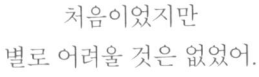

자연스럽게 목소리가
흘러들어 오더라고.

누굴까?

죽어·····죽어버려!
·······더러운 생선 같으니··
·····이 장어 지독하네···
······왜 이리 질긴거야···
독한 것·····바빠 죽겠는데!
·····손님이 기다린다구 멍청아·····
······너까지 날 무시해····
····환장하겠·····이제야 들어가네
아 팔 아파 젠장 ······

눈앞에 웬 소녀가,

칼로 물고기 껍질을 벗기는
영상이 스쳤어.

넌 누구니?
난 널 찾은 적이 없거든?

저리 가.

첫 권부터 괜히
불쾌하게시리.
자, 다음!

·····그가 묻는다
현자여,
인생에 있어서
최선은 무엇인가?
그가 대답한다
왕이여,
인생에 있어서 최선은
태어나지 않는 것이외다

다시 그가 묻는다
그렇다면 차선은,
차선은 무엇인가?
그가 대답한다
그것은
빨리 죽는 것이외다

왜 죄다 이런 것밖에 없어?
내가 원하는 건 이런 게 아니야.

다음!

이번 건 좀 나으려나?

…어?

…많이 놀랐구나
아직 순수한 거야……
너무 빠져들진 말길
…나처럼…
놀라운 일이군
…솔직히…
이 얘길 너한테…
처음 하게 될 줄이야..
……하고 많은 사람 중에
…….

이 목소리는…!

아저씨의 음성이었어.
실제보다 깊고 낮은.

……정말로
진실한 목소리를
들어본 적이 있어?
…난 없어……
…거짓말이 너무 많아
…그게 아니면…
너무 달콤하거나…
너무 예쁘거나…
너무 진중하거나…
너무……

아저씨,
여기 계셨군요…!

꼭 옆에
계신 것 같아.

왜 모든 말은……
결국에는
거짓말이 될까……
……왜……
진짜 하고 싶은 말은
항상 혼잣말이고……
왜……
진짜 했어야 할 말은
혼자가 되어서야
생각나는 걸까…….

그런데
갈수록 소리가
작아지더니…

……본 적도 없는 사람을
그리워하겠구나……
너라면 알아볼 수 있을까
평생을 기다렸지만
오지 않았어……
그래도 버릴 수 없으면
너는 또 얼마나……
오래 기다려야 할까
…엔케…

안 들려….

나중엔 모기 소리만
해져서 거의 들리질
않았어.

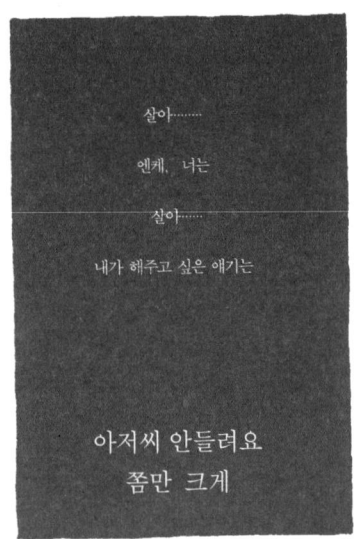

살아.......

엔케, 너는

살아......

내가 해주고 싶은 얘기는

**아저씨 안들려요
쫌만 크게**

그리고 보니 볼륨을 올리는 방법은 책에서 읽은 기억이 없었어.
나중에 사서에게 물어보기로 했지.

가장 맛있는 음식을 아껴 두는 심정으로
아저씨의 책을 마지막으로 미루고, 다음 책을 불렀을 때였어.

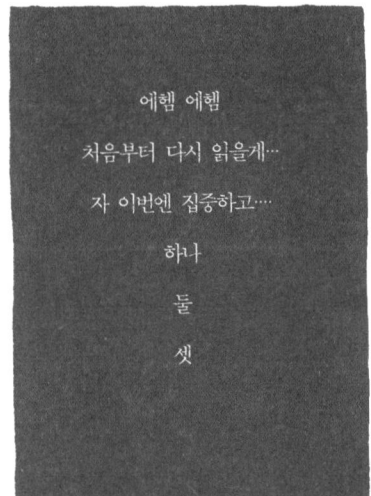

에헴 에헴

처음부터 다시 읽을게…

자 이번엔 집중하고…

하나

둘

셋

……!

간혔다고 느낄 거야

길을 잃었거나

혼자라고

에헴 에헴

차라리 태어나지 말았으면

할지도 모르지

태어나지 말았으면

이 부분 정말 너무 슬퍼

집중하라니까 돼지야 에헴

나의 본능이 알아보는
한 여인의 목소리.

무지개뱀 관계….
이런 경우를
두고 하는 말인가?

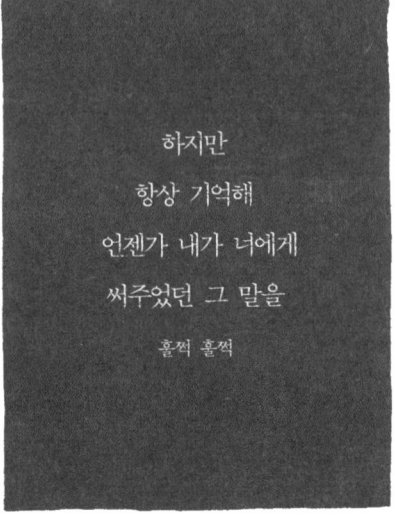

하지만

항상 기억해

언젠가 내가 너에게

써주었던 그 말을

훌쩍 훌쩍

삶이 아름답다는 걸
훌쩍 울지마 바보야
이제 보게 될 거야
고통에도 불구하고
친구도 만나고
사랑도 만날 거야

이 목소리...

설명할 순 없지만,
확신할 수 있어.

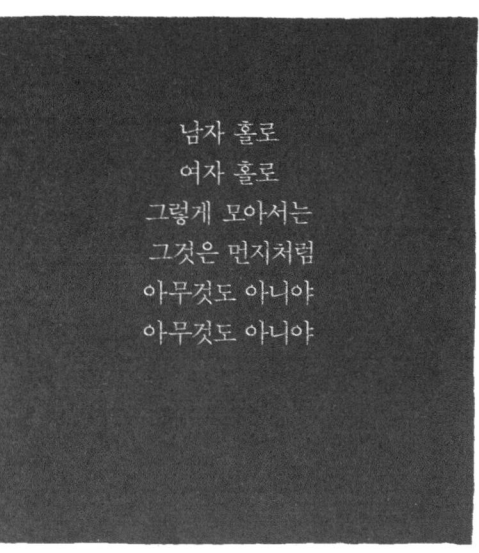

남자 홀로
여자 홀로
그렇게 모아서는
그것은 먼지처럼
아무것도 아니야
아무것도 아니야

그때 넌
기억해야 해
내가 써준 그 말
너를
생각하면서
너를
바로 지금처럼

계속 노래해줘...

당신과 무지개뱀을
나누고 싶어.
당신을 만나고 싶….

엥?

뭐야? 왜 멈춰?

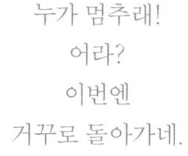

누가 멈추래!
어라?
이번엔
거꾸로 돌아가네.

젠장!

책 관리를
대체 어떻게
하는 거야?
상태가
엉망이잖아!

제일 중요한 부분에서
끊기고 말야!

갔다 오는 새에
누가 책을 치워
버리진 않겠지?

에이, 설마….
사람도 없는네
괜찮겠지.

그래, 어차피
볼륨 문제도 물어봐야지.

열람실이 이렇게 멀어서야 원….

어? 저게 뭐야!

내 책이잖아!

여기서 만나다니!

어쩌다 여기까지?

주인을 찾아왔구나! 기특하기도 해라!

되찾은 책과 아저씨의 음성, 그리고 여인의 목소리….

이게 꿈은 아니겠지? 내 안의 무지개뱀이 느껴져!

책이 자꾸 끊겼다가, 안 들렸다가, 상태가 듣기 힘들 정도예요….

사서는 항의를 한두 번 받아본 게 아니라는 듯 대꾸도 안 하더라.

그때 동물 사서가 나타나더니, 너도 알겠지, 찬찬을.

책이 갑자기 뚝 끊기고 되감기던가요.

그렇다고 했지.

그럼 거기서 끝난 거예요.

명복을….

흑흑흑….
그녀는 이미 이 세상
사람이 아니었어.

무지개뱀을 나눌 마지막
희망, 내 비참한 삶의
실낱 같은 목적이….

영원히 만날 수 없는 곳으로.

빠아아아앙

다 필요 없어!
없어져버려.

아저씨도, 당신도
그렇게 가버리면 난 어떡하라고….

희망이 날 갖고 놀다 버렸어….

희망이 세상에서 제일 미워.
이제 다시는 속지 않아.

삶의 목적?
그딴 건
처음부터 없었던 거야.

빠아아아앙

없었던 거야….

흑흑흑흑….
그 노래는 죽었어.
그녀와 함께….

훌쩍, 그래서
내가 하려던 얘기가….

아저씨, 저 기차
아즈하 행 아네요?

171

제12장

이견들

어때, 무이? 나 성상발 좀 받아?
이 정도면 면접관들도 놓치기 싫겠지?

삼보의 심리학과 대학원 동료들?
모두 마음을 공부하는 사람들!

안녕-.
우린 이만 모여서
준비할 게 있어서.

혹시 얘기할
시간 있어?

시간 없어,
안녕.

왜? 친구도
같이 밥이나 먹자~.

남의 방은 처음이다. 2층은 내 방과 다르구나.

오려면 빨리
들어오든가-.
모기 들어오잖아.

10번, 10번.

기다려봐.

ㅋㅋㅋㅋ

ㅎㅎㅎㅎ

삼보, 편의점
안 갈래?

담배
떨어졌어.

삼보는 너무 바빠서
말 붙일 틈이 없어.

나중에….

얼릉 갔다 와.
어차피 장도 봐야지~

응, 삼겹살도
사야 돼.

잘 됐다.

얼른 5층으로 올라가서
노트를 가지고 내려왔다.

삼보, 있잖아.
나 혹시 학교
다니면 어떨까?

왜 학교 얘길 하지?
나도 모르게 불쑥 말이 나왔네.

177

학교? 너 중퇴 아니었어?

아…, 그건 아니고 그냥 안 나갔어.

안 나가면 자동으로 짤릴걸?

그래?

등록금 안 내면 끝이야, 요새 학교는. 학교는 왜?

공부하고 싶어서!

뭔 공부?

그냥… 공부.

그냥 공부 좀 해보고 싶다고 입학하면 개나 소나 다 하게. 요새 학비가 얼만데.

학비?

말보로 두 갑이면 되겠지?

두 갑 이요.

나 라이터 없는데?

그냥 내 거 써.

감삼다.

그 정돈 예상했잖아, 무이. 그냥 보여줘.

말이라고 하냐?
한 세 배는 올랐겠다.
다들 지금까지
퍼부은 게
아까워서 오기로
버티는 거야.

많이 비싸?

그런데
이런 거 공부하려면
어떻게 해야 돼?

뭔데?

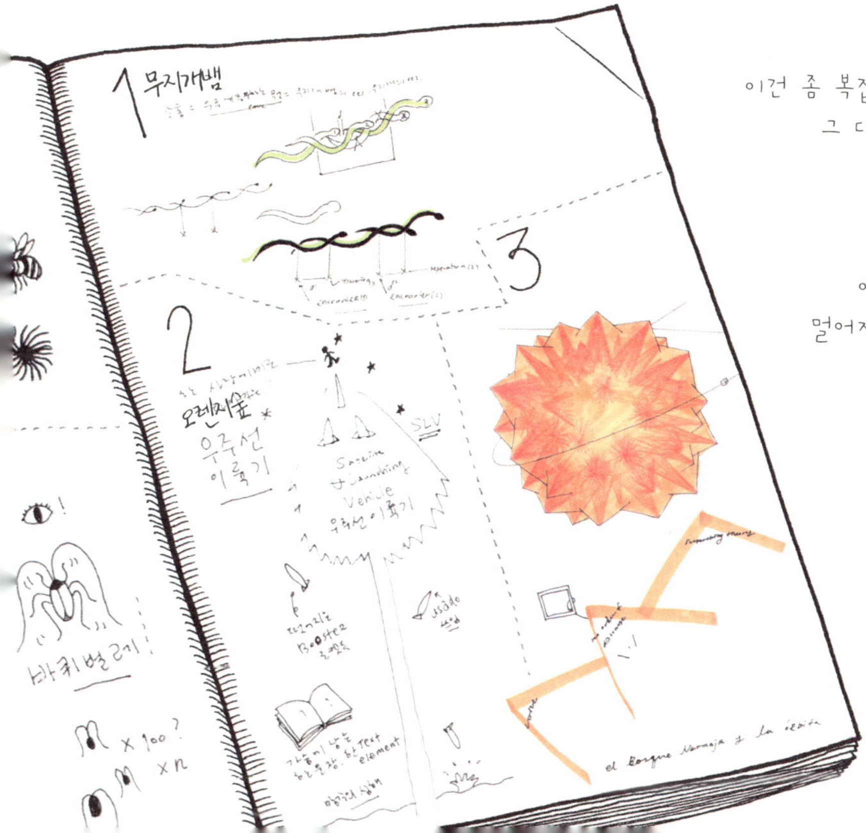

제일 공부하고 싶은 건
무지개뱀에 관한 건데...
이건 좀 복잡해서 나중에 얘기하고,
그 다음으로 해보고 싶은 건
이 오렌지숲.
응, 여기 2번....
어떤 분야끼리,
아 학문이라고 해야되나?
멀어지는 학문끼리 대화하는
방법들에 관한 건데
이건 오렌지숲에
어떻게 균형을
잡아주느냐와
관련이 많아,
음, 그리고....

자세히 볼래?
스케치는 여기
참고한 책 목록은 뒷장에.

뭔 소린지 난
잘 모르겠고,
아까 뭐라 그랬더라….
'학문의 대화' 뭐시기?

아…,
다른 분야끼리
대화하는
방법?

짜증 나. 요즘 그
학제간 교류 얘기하는
애들 젤 이해 안 가더라.

오렌지숲?
이해 안 가지?
설명해줄까?

오렌지의 점 하나가 하나의 분야가 되는 거야
그 분야가 발달할수록 높이가 높아진다고 가정하고.

어쩌라구.

문제는,

지금은 모든 분야가 점점 높아져서 멀리 보이기는 하지만,
　1. 갈수록 골짜기가 묻혀서 안 보이고
　2. 갈수록 꼭대기끼리 멀어진다는 거야.

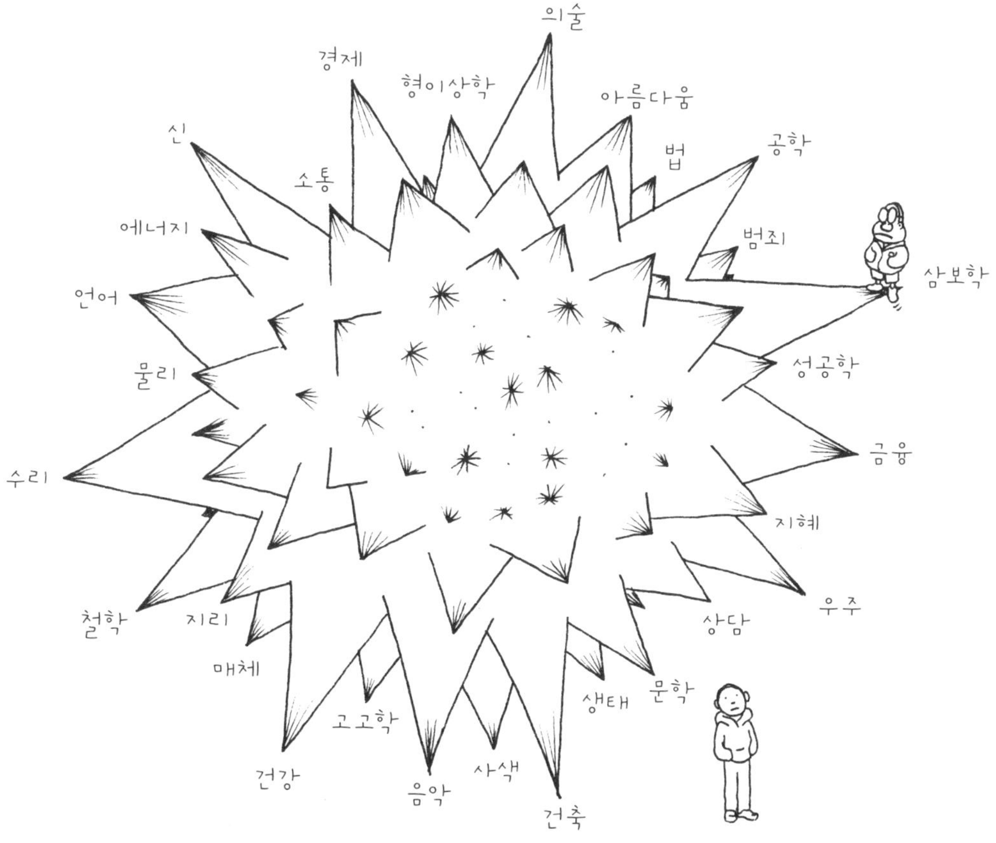

의술
경제
형이상학
아름다움
신
법
공학
소통
에너지
범죄
삼보학
언어
물리
성공학
금융
수리
지혜
우주
철학
지리
상담
매체
고고학
생태
문학
건강
음악
사색
건축

문제를 알면서도 사람들은 오렌지숲으로 몰려들지.
그도 그럴 것이, 우린 다른 숲을 모르거든.

182

팬케이크 가설···, 틀린 말은 아니다. 기회의 확대. 맞다. 하지만 얼마든지 반박할 수 있다.

문제는 반박을 하기엔···,
첫째, 삼보의 흥미가 다른 데 쏠린 것 같고,

둘째, 짐이 너무 무겁다.

술 한잔 하고
가든가.

아냐···.
할 게 있어.

오~
아직 수박이.

일리가 있어.

?

아까 그 얘기 말야,
오렌지…뭐라 그랬더라?

오렌지숲?

그때까지 말이 없던 삼보 친구가 갑자기
이것저것 묻기 시작하는 게 아닌가.
나는 다 얘기해준다.
오렌지숲, 아즈하, 도서관에 대해….
내가 이렇게 말을 많이 하다니,
오늘 확실히 이상하긴 하다.

뭐라고? 에코도서관?
그건 또 뭐야?

응, 그 도서관엔
세상 사람들이 모두
각자의 책으로
보관되어 있어.

사람마다 한 권의 책이라…, 음….
나도 그런 생각해봤는데….

내 책도 있겠네.
난 무슨 책이지?

신기해. 한참을 얘기했는데,
이 친구, 아직도 궁금한 게 많아….
내 얘기가 다른 사람에게도 흥미로운가 봐!
특히, 도서관에 비상한 관심을 보인다.

그건, 몰라.
아직 모르는 게 너무
많아서 공부 중이야.

왜 그림자들은
열람실에 출입 금지지?

우리 연락하고 지내자고.
번호 어떻게 돼?

난 손전화 없어.

그렇지만 이 뒷골목 책방에서 일하니까
거기서 만날 수 있어.
헤헤, 아직 짤리지만 않았다면.

에코일기

평소보다 일찍 도서관에 들렀다 오는 길,
혜성에 걸터앉아 일기를 녹음했다.

오늘이 며칠이더라.
너도 모르지?

9월의 마지막 목요일. 날씨 맑음.

시작부터 혼란스러웠던 하루다.
서점도 멋대로 빠졌고, 올해의 시상식도 놓쳤다.
하지만 새로 가본 곳들과 새로 만든 단어,
뜻밖의 만남들에서 얻은 뜻밖의 용기···.
마음속에 생긴 작은 소용돌이가 여태 가라앉지 않는다.
뭐니뭐니 해도 날 이렇게 들뜨게 하는 건, 곡 씨 몰래
『꿈 현실 전집』(원제: 꿈 세계의 현실에 대한 세 가지 사유) 세 권을 통째로 빌린 것!

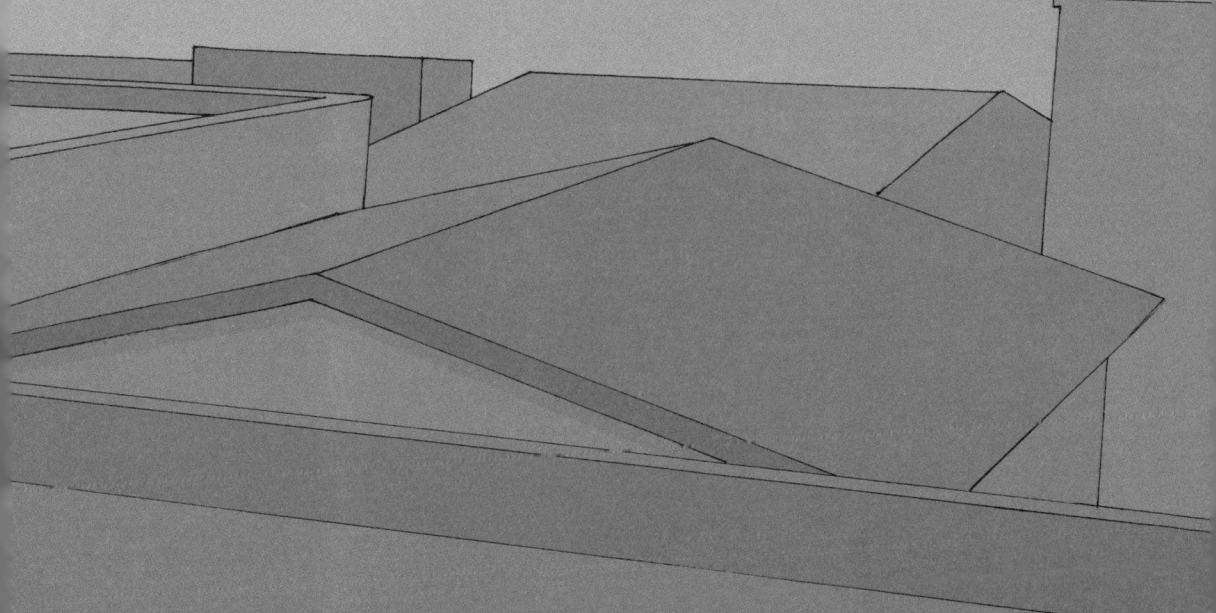

대출 기간도 무려 한 달! 찬찬에게 고맙다고 말하고 싶었지만
가게에 갔는지 보이질 않았다. 다음에 꼭 감사 표시를 해야지.

고마워, 찬찬.

난 아직 갈 길이 멀다.
혼자 궁리하던 이론을 남에게 공개해보니
구멍이 너무나 많다는 걸 깨닫는다.
공부는 왜 하냐는 간단한 질문도,
막상 얘기 꺼내자니 말문이 막힌다.
자기가 알고 싶은 게 뭔지도 모른다니….
한심하지만, 그게 지금 내 솔직한 모습이다.
공항에서 느낀 연결감과 관련이 있다는 것 말고는
아직 아무것도 확실한 게 없다.
그럼에도 설레이는 이유, 그건 아마도
이 책 속에 답이 있을 것 같아서가 아니라,
책이 던져줄 화두에 대한 기대감 때문이리라.
오늘 삼보가 나에게 그랬던 것처럼.

너도 고마워, 삼보.

11

책 머리에 헌사가 적혀 있다.

그러고 보니 이렇게 한 줄 한 줄 음미하는 게 대체 얼마 만인가?

항상 반납 기한에 쫓기던 걸 생각하면, 이 여유 하나만으로도 배가 부르다.

이 두툼함! 이 촉감! 이 닳아빠진 모서리와 익숙한 곰팡이 냄새!

혜성은 책 읽기 좋은 속도로 항해하고 있고

내 곁엔 감상을 나눌 친구까지 있다.

소우주야, 너무 완벽해서 오히려 불안하지 않니!

…대답이 없네.

내가 혼자 너무 들떴나?

에헴.

어디 한번 읽어볼까….

이 책을,
꿈의 주소가 다른 사람들에게 바칩니다.

이 헌사를 두 번 세 번 되새김질하고 있을 때였다.
돌연, 풍뎅이 한 마리가 혜성에 날아들었다!

이 훼방꾼의 부산스런 비행을 바라보고 있자니,
오늘 그린 나의 궤적이 꼭 저랬을 것 같다는 생각이 든다.
만약, 하루 동안 겪은 MC들을 모두 하나의 점으로 치고,
그 점들끼리 연결해보면,
내 궤적도를 스스로 그리는 것도 가능하지 않을까?
'MC 과잉'인 오늘 같은 날은 더더욱 해보고 싶다.
풍뎅아, 혹시 너도 내 MC니?
이건, 마치 세상이 내게 뭔가 가르쳐주려고 작정을 한 것 같은데!
설마, 이 풍뎅이가 내 앞에 나타난 이유라도 있단 말인가?
아니다. '나를 가르치기 위해서 존재하는 것'은 없다.
'내가 모든 순간 배울 수 있을' 뿐.
…드디어 잠잠해지셨군.
다시 책을 폈다. 어디까지 읽었더라…. 아, 그래. 다음 페이지,

머리말

이 책은 내가 평생에 걸쳐 꿈속 세계 방방곡곡을 답사하며 기록하고 채집하고,
때로는 불가피하게 포획해야했던 살아있는 자료들의 아카이브다. 꿈속 인간
생애의 성장 단계에 맞춰 1권 『속한 세계』, 2권 『거치는 세계』, 3권 『만나는
세계』, 세 권으로 구분하였으나, 애초에 종합을 한다거나 체계를 세우려는
계획은 없었고, 순전히 편의상의 구분일 뿐이다. 그런 의미에서 에세이
모음으로 읽어도 무방하다.
책을 만들기 위한 긴 여정은 무한한 인내심을 요구했다. 여행 따위 그만두고
차라리 내 자리나 지키자고 결심한 것도 한두 번이 아니다. 그러나 자리를
지키는 유일한 방법은 끝없는 여행뿐이라는 역설을 터득한 후부터는, 불안의
기색 없이 떠돌 수 있었다. 이 책의 목적은 단지 격동의 한 세기를 증언하기
위함이 아니다. 그것뿐이라면, 지난했던 그리고 끔찍히도 고독했던 나의 새벽
여행들은 영원히 위로 받지 못할 것이다. 나의 목표는 예나 지금이나 분명하다.

꿀꺽

그것은 꿈의 차이들을 회복하는 것이다.

그런 책이 있다. 아는 사람 같은 책. 뜻이 통하는 친구 같은 책.

내가 평소에 무심코 떠올리고, 버렸던 생각 조각들을

누군가 주워 모아서 솎아낸 다음, 한 차원 높은 언어 솜씨로 빚어놓은 것 같은 책.

말머리만 읽고도, 나 이거 쓴 사람 알것 같다는 말이 절로 나오는 책.

그냥 알 것 같은 정도가 아니라,

쓰였다 지워진 문장들과, 쓰인 방의 풍경과 쓰인 시간과

쓴 사람의 절실함, 그래 그 절실함의 농도까지 고스란히 전해지는 책.

단지 읽는 게 아니라, 또 다른 나를 환기하고 발견하는 책.

이 책이 그런 예감을 준다.

앞으로 매일 매일, 숙제를 일찍 마치고 틈틈히

이 책을 "배우고 때때로 익히면, 이 또한 즐겁지 않을까!"

어쩌면 그동안 고안해놓은 이론 구슬들을 엮을 실이 이 안에 있을지도…

조각들끼리 연결하고 연결한 어느 순간,

번쩍하고 빛이 어둠을 가른다면!

전구를 처음 발명한 사람의 감흥을 알게 되겠지.

아, 그 순간은 또 얼마나 뿌듯할까?

안 그러니, 소우주야?

소우주야…?

2권에 계속

혜성을 닮은 방
그 두 번째 이야기!

평온하던 무이의 일상에 뜻하지 않은 변화가 찾아온다.
혜성의 방문이 굳게 닫혀 열리지 않고,
당황한 무이는 실수로 손까지 다치고 만다.
그러나 무엇보다 마음에 걸리는 건
갑자기 말이 없어진 소우주.
'침묵의 병'을 낫게 해줄 약을 구하러
무이는 아즈하의 약국으로 향하는데…

무이 앞에 놓여진 의미심장한 또 다른 만남들,
그리고 수수께끼 같은 극장과 영화는 무엇을 의미하는가?
무이를 어딘가로 인도하려는 것일까?
아니면 누군가의 음모인가?

혜성을닮은방 1

1판 1쇄 펴냄 2008년 1월 25일
1판 4쇄 펴냄 2019년 8월 30일

글·그림 김한민
펴낸이 박상준
펴낸곳 세미콜론

출판등록 1997. 3. 24(제16-1444호)
06027 서울특별시 강남구 도산대로1길 62
대표전화 515-2000   팩시밀리 515-2007
편집부 517-4263   팩시밀리 514-2329

© 김한민, 2008. Printed in Seoul, Korea

ISBN 978-89-8371-386-5 04810
ISBN 978-89-8371-385-8 (전3권)

세미콜론은 이미지 시대를 열어 가는 (주)사이언스북스의 브랜드입니다.

본 도서는 한국문화콘텐츠진흥원이 선정한 2007년 기획창작만화 제작지원 도서입니다.